KB271778

NOMEN
노멘

NOMEN
노멘

노멘 6

이영균 장편 소설

초판 1쇄 찍은 날 § 2012년 10월 12일
초판 1쇄 펴낸 날 § 2012년 10월 18일

지은이 § 이영균
펴낸이 § 서경석

편집부장 § 권태완
편집책임 § 어정원
디자인 § 이혜정

펴낸곳 § 도서출판 청어람
등록번호 § 제1081-1-89호
등록일자 § 1999. 5. 31
어람번호 § 제1-1467호

주소 § 경기도 부천시 원미구 심곡2동 163-2 서경B/D 3F (우) 420—822
전화 § 032-656-4452 팩스 § 032-656-4453
http://www.chungeoram.com
E-mail § chungeorambook@daum.net

ⓒ 이영균, 2012

ISBN 978-89-251-3029-3 04810
ISBN 978-89-251-2906-8 (세트)

NOMEN

노멘

FUSION FANTASY STORY

이영균 장편 소설

6

Contents

제51장

미
쿠
라
섬

NOMEN
노멘

　　일본 순시선을 두 동강 내고 모습을 드러낸 '그것'은 일견
향유고래처럼 보였다. 하지만 '그것'의 머리에는 고래와 달
리 두텁고 빛나는 갑주가 층층이 뒤덮여 있었다.

　　푸아아악!

　　그것이 5층 건물만 한 거구를 온전히 물 밖으로 드러냈다.
그 덕분에 동범은 그것을 조금 더 정확하게 관찰할 수 있었
다.

　　가장 먼저 시선을 사로잡는 것은 청새치의 그것처럼 등에
솟아 있는 두 쌍의 거대한 돛을 닮은 등지느러미였다.

순시선의 용골을 박살 낸 원흉은 그것의 이마에 솟아 있는 뿔인 것 같았다.

뿔의 모양은 완벽하게 남성의 성기와 닮아 있었다.

"이것과 똑같이 생겼잖아."

동범은 무의식중에 고개를 숙여 사타구니를 바라보았다. 김현철도 같은 생각이었는지 쇼거스를 향해 가운데 손가락을 치켜들며 말했다.

"저 자식은 인간이었을 때 마법사였을 겁니다."

"마법사요?"

"쇼거스의 형태는 숙주였던 인간의 본성을 대변한다면서요. 남자는 여자 친구 없이 동정으로 30년을 살면 마법사가 됩니다."

"……."

확실히 허튼소리지만 그 허튼소리가 뻣뻣하게 굳어 있던 근육의 긴장을 풀어주었다.

긴장이 풀리자 머리가 맹렬하게 회전했다.

결론은 하나였다.

"튀죠."

바다에서 파워큐티클도 입지 않은 상태로 쇼거스와 싸울 수는 없었다.

동범의 말이 끝나기가 무섭게 김현철이 스로틀 레버를 앞으로 힘껏 밀었다.

부우우웅!

개당 425마력을 뿜어내는 캐터필터 사제 8기통 터보 디젤 엔진 두 기가 힘차게 스크류를 돌려 40피트 요트를 미쿠라 섬 쪽으로 밀어냈다.

요트는 미친 듯 요동치며 30노트가 넘는 속도로 파도를 타고 넘었다.

쇼거스는 거구에 걸맞지 않은 날렵한 몸짓으로 돌고래처럼 바다를 가르며 쫓아오고 있었다.

"빨리 입어!"

얼마나 급했는지 김현철이 반말로 외쳤다.

그리고 멋쩍은 듯 다시 존댓말로 덧붙였다.

"저 자식이 너무 빨라요."

미친년 널뛰기하듯 요동치며 흔들리는 요트 위에서 파워 큐티클을 입는 행동은 한없이 불가능에 가까운 일이다.

하지만 동범은 그것을 가능케 하는 체력과 정신력을 모두 가지고 있었다.

"다 입었어요."

동범은 랜스를 들고 요트 후방으로 달려갔다.

이제 쇼거스의 시간은 끝났다. 저놈에게 불벼락을 날려줄 시간이다.

동범은 난간에 몸을 의탁하고 랜스를 겨누었다.

망설임도 명중에 대한 의문도 없었다. 쇼거스는 나쁜 놈이었고 못 맞추기에는 너무 컸다.

쿠궁!

발사순간 요트가 파도에 흔들렸다.

그래도 동범은 저격병 출신, 그는 반사적으로 궤도를 수정했다.

펑!

사격은 정확했다.

폭발형 미스릴 탄두를 얻어맞은 쇼거스의 옆구리 부분이 분수처럼 터지면서 걸레처럼 변해 버렸다.

"꾸에에엑!"

쇼거스가 돼지 멱따는 소리를 내며 크게 몸부림쳤다.

덕분에 동범의 위치에서 보이는 쇼거스의 신체 부위는 몸통 대신 오직 비정상적으로 크고 단단한 머리로 한정되었다.

펑!

펑!

"……. 이런 미친……."

미스릴 탄두가 단단한 갑피를 뚫어내지 못하고 튕겨 나왔다.

그러는 사이에도 쇼거스와의 간격은 꾸준하게 줄어들고

있었다.

이제 쇼거스와 요트간의 간격은 불과 100여 미터에 불과했다.

동범은 폭발형 미스릴 탄두가 들어 있던 기존의 탄창을 빼내고 관통형 탄창으로 바꿔 끼웠다.

펑!

동범의 선택은 정확했다.

미스릴 탄두는 두부를 송곳으로 쑤신 것처럼 쇼거스의 갑피를 쉽게 뚫고 들어갔다.

"꾸에에에엑."

미스릴 탄두가 머리를 헤집어서일까? 잠시 발광하던 쇼거스가 배를 보이면서 몸을 뒤집었다.

동범은 몸을 돌려 김현철에게 엄지손가락을 들어 보였다.

당연히 기뻐해야 할 김현철의 표정이 심상치 않았다. 그는 오히려 손을 들어 동범의 뒤편을 가리켰다.

"왜 그래요?"

물어볼 필요도 없었다.

"……."

동범이 본 것은 10마리도 넘어 보이는 쇼거스가 푸른 하늘을 배경으로 바닷물을 차고 도약하는 광경이었다.

조종석으로 달려간 동범은 김현철로부터 조종간을 넘겨받

왔다.

"빨리 입어요."

쇼거스들이 쫓아오고 있었다.

5층짜리 건물 10채가 물수제비를 뜨는 장면을 상상하는 사람은 없을 것이다. 하지만 현실은 언제나 상상보다 냉혹했다.

동범은 스로틀 래버를 부러질 듯 밀어댔다.

어찌 어찌 파워큐티클을 입은 김현철도 랜스를 난사하기 시작했다.

퍼퍼퍼펑!

퍼펑!

김현철에 의해 몇몇 쇼거스가 배를 드러냈다.

"……"

"돌겠네."

푸른 바다를 찢어발기며 더 많은 숫자의 쇼거스가 나타났다.

그것들은 수평선을 채우고 마치 해일처럼 몰려오고 있었다.

"노멘!"

"112마리야. 어떻게 하지?"

노멘도 뾰쪽한 방법이 없어 보였다. 하지만 동범에게는 방법이 있었다.

"주변 해역에서 군함을 찾아줘."

"잠시만……. 요코스카 항 인근에 미국 7함대 소속 순양함 USS 카우펜스(CG—63)와 USS 커티스 윌버(DDG—54)가 남진 중이야."

미국과 일본의 행동이 한심하기도 하고 한편 다행스럽기도 했다.

5층짜리 건물 100채가 난동을 부리고 있어도 미군과 일본은 전혀 눈치채지 못하고 있다.

'블랙 노멘!'

이가 갈리지만 현시점에서 동범에게 필요한 것은 이지스 순양함 카우펜스와 이지스 구축함 커티스 윌버에 가득 실려 있을 무기들이다.

*　　*　　*

톰슨 하버 대위는 2개의 1,880마력 T700—GE—401C 터보 샤프트(Turboshaft) 엔진을 아이 어르듯 조심스럽게 조작해, 애기 SH—60 씨호크 헬기를 중력의 간섭에서 해방시켰다.

그리고 열심히 오키나와를 목표로 남진하고 있는 타이콘데로가 급 이지스 순양함인 카우펜스를 한 바퀴 돌았다.

왼쪽으로 태평양의 푸른 물결이, 오른쪽으로 멀리 후지산의 모습이 보였다.

후지산은 어제 바에서 만나 밤을 함께 보냈던 일본 여인 히미코의 부드러운 가슴을 연상시켰다.

"역시 일본이 좋아."

하버 대위는 엄지손가락을 치켜올렸다.

일본 여자들은 이상하리만큼 흑인을 좋아한다. 덕분에 아직 독신인 하버 대위는 부족함 없는 성생활을 영유하고 있었다.

그래도 아쉬운 점이 전혀 없지는 않았다.

하버 대위는 한번 작전에 투입되면 최소 3주간은 모항 요코스카를 떠나 있어야 했다.

땅개들이나 참새들이 날마다 일본 여자들의 품에서 지극한 대접을 받는다는 점을 고려하자면 무척 불만족스러운 상황이다.

'육상 근무를 신청할까?'

그것은 싫었다.

일본은 신종 질병 '오니'로 몸살을 앓고 있었다.

하버 대위가 이런저런 생각을 하고 있을 때 인터컴이 시끄럽게 울렸다.

"기장님! 기장님!"

평소 과묵하기로 소문난 마룬 상병의 목소리는 심하게 떨리고 있었다.

"무슨 일이야?"

"카우펜스가……. 카우펜스가……."

하버 대위는 시호크를 살짝 회전시켜 조종석에서 카우펜스를 볼 수 있게 했다. 당연히 그의 시야에 카우펜스와 살짝 뒤에서 따라오고 있던 커티스 윌버의 모습이 잡혔다.

"……. 이런 미친……."

마룬 상병이 놀란 이유를 알았다.

카우펜스와 커티스 윌버는 하얀 연기에 뒤덮여 하늘로 불꽃을 쏘아 올리고 있었다.

"왜? 아무런 통보도 없었는데……."

상황을 알아보기 위해 무전을 보내 봤지만 카우펜스는 대답이 없었다.

레이더를 주시하고 있던 마룬 상병의 목소리가 더 커졌다.

"가진 무장을 모조리 쏟아붓고 있습니다."

카우펜스와 커티스 윌버가 가지고 있는 미사일의 숫자는 대공, 대잠, 대함을 합해 물경 200기가 넘는다.

당황한 하버 대위는 소리쳤다.

"목표 위치를 확인해."

"대략 위치는 동쪽으로 200㎞ 지점, 미쿠라 섬 인근 해역입니다."

전쟁이라도 나지 않고서는 이런 일이 벌어질 수 없다.

"발광 신호입니다."

지구 방위대라고까지 불리는 21세기 최첨단 군대가 미군이다. 그런 미군이 통신이 두절돼 모스 부호를 사용해 발광 신호를 보낼 줄을 꿈에도 몰랐다.

하버 대위는 가물가물한 기억을 되살려 발광 신호를 파악하기 시작했다.

"모… 든… 통… 신… 두… 절……. 요코스카 연락은 커티스 윌버가 맡는다. 귀하는 미사일 착탄 위치를 확인할 것."

명령은 명확하고 간결했다.

하버 대위는 기수를 미쿠라 섬으로 돌렸다.

*　　　*　　　*

아슬아슬한 차이를 두고 요트는 미쿠라 섬에 도착할 수 있었다.

항구랄 것도 없는 미쿠라 섬의 작은 선착장이 총알처럼 빠르게 동범의 시야를 채웠다.

"꽉 잡아!"

동범은 파워큐티클로 요트 조정석 난간을 움켜쥐었다. 스테인리스 스틸로 만들어진 난간이 스트로보처럼 구겨졌다.

꽝!

40피트 요트가 움찔하더니 선착장 옆 계단을 발판 삼아 허공을 비상했다.

꽈과과광!

요트는 선착장 옆 작은 가건물을 박살 내고 두 대의 자동차를 타고 넘어 작은 편의점에 박히고 나서야 전진을 멈췄다.

"괜찮아요?"

"괜찮습니다."

동범은 그 와중에도 고개를 돌려 해변을 바라보았다. 쇼거스의 배에는 다리가 있었다. 그것들이 육지로 올라오면 정말 문제가 심각해진다.

나쁜 상상은 언제나 현실이 된다.

쇼거스들은 해변에 도착한 후 확연히 속도를 줄였다. 그리고 앙증맞은 다리를 이용해 꾸물대며 선착장에 기어오르기 시작했다.

꾸에에엑!

꾸엑!

꾸에에엑!

"돼지냐?"

김현철이 반파된 요트의 뚜껑을 잡아 뜯으며 투덜거렸다. 그리고 랜스를 들고 해변으로 다가갔다.

“탄환을 아껴요.”

동범은 김현철을 만류했다.

“왜 그러십니까? 저놈들을 죽여야…….”

동범은 김현철의 질문을 무시했다. 그리고 페이스 마스크의 확대 기능을 최대로 올려 허공을 주시했다.

“왔어요, 튀어요.”

“뭐… 뭔데… 요?”

동범이 마을을 향해 몸을 날리자 김현철은 영문도 모르고 뒤를 따라왔다.

쿠쿠쿠쿵!

쿠쿠쿵!

꽈릉!

꽈과광!

두 사람이 나지막한 언덕 위에 있는 마을 회관으로 보이는 건물에 도착한 순간, 미쿠라 섬에 하나뿐인 선착장 주변은 불의 비를 뒤집어썼다.

“휘이~ 익! 멋진데요.”

김현철이 비로소 휘파람을 불며 기뻐했다.

“노멘?”

“미군이 반응하고 있어. 어떻게 하지?”

“최대한 시간을 벌어줘.”

“그리고 헬기 한 대가 접근하고 있어.”

“되돌릴 수 없어?”

“시도해 볼게.”

헬기가 죽어 나자빠져 있는 쇼거스 무리를 확인하는 일은 막아야 했다.

동범은 미군이 지옥의 문을 여는 것을 원치 않았다.

노멘과 블랙 노멘은 서로 경쟁하듯 정보를 조작하고 지우며 방해했다. 그 결과로 최강을 자랑하는 미군은 눈과 귀를 모두 잃었다.

그것으로 좋았다.

미군은 세계의 경찰 역할을 하는 것으로 충분했다.

인간을 대변하는 군대는 어디까지나 동범이기 때문이었다.

*　　　*　　　*

다행히 요트는 불벼락의 영향을 받지 않은 상태였다.

동범과 김현철은 남은 장비를 챙기고 마을 회관으로 돌아왔다.

“이동 안하십니까? 생수 공장은 섬 반대편에 있습니다.”

“헬기 한 대가 오고 있어요.”

동범은 랜스에 원거리 사격용 조준경을 부착하며 대꾸했다.

"죽이실 겁니까?"

"다른 방법 있습니까?"

동범은 시큰둥하게 되물었다. 그리고 대답을 기다리지 않고 말했다.

"아직은 저들이 끼어들 때가 아닙니다."

지금까지 옛것들과 벌인 싸움은 온전히 동범의 몫이었다. 그리고 앞으로도 그래야 했다.

세상에 그들의 존재를 알리고 도움을 받겠다는 생각을 해보지 않은 것은 아니다. 하지만 그런 생각은 언제나 한 가지 벽에 부딪쳐 좌초되었다.

'니알라토텝!'

검은 신사는 동범에게 이 전쟁이 어디까지나 동범의 것이라는 확신을 심어주었다.

불합리하고 억울했지만 동범은 어쩔 도리가 없었다.

니알라토텝을 본 바로 그 순간 물어보지 않아도 알 수 있었다. 듣지 않아도 알 수 있었다.

미군 전체가 달려들어도 니알라토텝의 옷깃 하나도 만질 수 없다는 것을……

어느덧 다가온 헬기가 선착장 주변을 선회하는 모습이 보였다.

'내 손톱 끝에 박힌 가시는 아파도 지구 반대편에서 굶어 죽어가는 아이의 고통은 아프지 않는 게 인간이야.'

스스로 다짐해 보지만 동범은 이상하리만치 살인을 싫어하고 혐오했다.

하지만 랜스의 방아쇠를 당기는 동범의 손가락에는 일말의 망설임도 느껴지지 않았다.

동범은 호흡을 가다듬었다. 할 수 있는 일을 해야 한다. 그리고 하려면 즐겁게 해야 한다, 그것이 살인일지라도……. 동범은 이를 악물고 방아쇠를 당겼다. 아니, 당기려 했다.

퍼펑!

먼저 한줄기 백광이 비추더니 순간 폭음과 함께 헬기가 추락했다.

“…….”

“…….”

동범은 김현철을 바라보았다. 김현철도 동범을 바라보았다. 그리고 두 사람은 다시 불타오르고 있는 헬기를 바라보았다.

분명 동범은 아직 방아쇠를 당기지 않았다.

“우측 산 정상!”

노멘이 소리쳤다.

노멘의 말에 먼저 반응한 이는 동범이 아니라 김현철이었다. 그는 적이 있는 우측의 나지막한 산을 향해 일직선으로 튕겨져 나갔다.

동범은 헬기를 겨누었던 랜스의 방향을 돌려 적을 탐색하기 시작했다.

탐색은 그리 오래 걸리지 않았다.

동범은 선착장이 있는 작은 만에 인접한 높은 언덕 위에서 엘프 특유의 복장을 한 두 사람을 발견했다.

"울루마누시아."

이 섬에서 벌어지는 일이 외부에 알려져서는 안 되는 사람이 또 있었다.

동범은 내심 안도의 한숨을 내쉬었다. 유난히 긴 한숨 속에는 무고한 인간을 죽여 스스로 손에 피를 묻히지 않았음을 기뻐하는 의미가 내포되어 있었다.

헬기와는 달리 고민할 이유가 1g도 없었다.

동범은 아무런 죄책감도 느끼지 않고 스코프의 조준선에 엘프 한 명을 올려놓았다.

펑!

엘프의 상체와 하체가 분리되는 모습이 스코프를 통해 보였다.

동범은 천천히 뜻밖의 상황에 놀라 당황하는 또 한 명의 엘프를 저격했다.

펑!

상황은 조금 전과 동일했다.

동범은 무심한 눈빛으로 랜스를 내려놓았다.

이것으로 됐다.

죄 없는 인간을 죽이는 대신 그 인간을 죽인 엘프를 죽였다.

이것으로 된 것이다.

동범은 그렇게 자신을 변호했다.

＊　　＊　　＊

엘프들이 들고 있던 막대기는 스매쉬와 닮았으면서도 전혀 다른 물건이었다. 막대기의 형태는 1m 정도 되는 원형 막대기 끝부분에 10㎝의 변을 갖는 정사각형 상자가 매달려 있는 모양이었지만 결정적으로 아무런 스위치나 레버가 달려 있지 않고 매끈했다.

샅샅이 막대기를 살피던 김현철이 고개를 저었다.

"발사 방법을 전혀 모르겠습니다. 감도 안 옵니다. 아까 빛을 봐서는 마치 레이저 광선 같던데……."

“제가 한번 보겠습니다.”

막대기를 살피던 동범은 상자를 장식하듯 그려져 있는 세 개의 동심원과 원들 사이에 그려져 있는 기호들의 조합에 주목했다.

“마법진이라고 불리는 것이 그려져 있습니다. 이들은 마법사였군요.”

“아리아의 마법도 니알라토텝이 알려줬다고 했지 않습니까? 그럼 이놈들도 니알라토텝이……. 그 자식은 무슨 속셈일까요?”

동범도 니알라토텝의 속셈이 궁금했다.

하지만 그전에 해야 할 일들이 있다.

“노멘, 남극과 연결해줘.”

“오케이.”

잠시 후 태블릿 피씨에 반가운 얼굴이 나타났다.

“페이, 잘 지내고 있어?”

“아니.”

페이는 무척 심기가 불편한 듯 보였다.

“무슨 소리야?”

동범의 질문에 대답한 사람은 새로 은빛 황혼 연금술사회의 수장이 된 우나—민 이었다.

“페이가 요즘 무척 외로워한답니다.”

“…….”

외롭다고? 저 친목의 여왕이? 동범은 믿을 수 없었다.

하지만 우나―민의 말은 사실이었다. 페이가 그 이유를 설명했다.

“그야 우나랑 안드레 박사님이 날마다 닭살 행각을 하니 그렇죠. 보안팀 아저씨들도 그렇고…….”

“그러게 카라치―론이 데이트를 신청했잖아. 받아들이지 그래? 카라치―론 정도면 최상급이라고.”

“우나!”

페이가 우나―민의 입을 막았다.

하지만 늦었다.

동범의 눈동자가 커졌다. 표정도 변했다. 남은 죽을 등 살 등, 미꾸라진지 미꾸린진 하는 섬에서 괴물과 싸우고 있는데 데이트 신청? 그것도 페이에게?

페이가 동범의 눈치를 보더니 얼른 말했다.

“안 만났어요. 걱정 말아요.”

그 모습에 동범의 화가 화창한 봄 태양에 눈 녹듯이 풀어졌다.

대신 그의 분노는 카라치―론을 제대로 ‘교육’ 시키지 못한 박종석에게 향했다.

‘죽었어.’

동범은 막대기를 내밀었다.

"이 문양을 해석할 수 있겠습니까?"

우나—민은 쉽게 마법진을 알아보았다.

"잠시만요. 음, 그러니까……. 첫 번째 서클은 마나를 중첩시켜 빛으로 변환시키는 역할을 해요. 당신이 만든 스매쉬와 같죠. 하지만 당신이 만든 스매쉬는 기계적으로 마나를 압축한다면 이 장치는 마법적으로 압축해요."

"막대기 끝에서 빛이 나가 헬리콥터를 파괴시켰습니다."

"헬리콥터가 뭐죠?"

우나—민이 고개를 갸우뚱했다.

"우나, 그것은 인간이 만든 날 틀이라오."

어느새 등장한 안드레 박사의 설명이 있고 나서야 대화는 계속 이어졌다.

"마나는 기본적으로 작용하는 대상의 성질을 변화시킬 수 있어요."

"마법을 통해서죠."

"맞아요. 두 번째 서클은 압축되고 정제된 마나를 파장이 극히 짧은 빛으로 만들어요. 그래야 일직선으로 직진할 수 있으니까요. 그리고 마지막 세 번째 서클은 그 빛이 도달한 물체에 불의 기운이 깃들게 만들죠."

"불의 기운이 닿으면 목표는 파괴되겠군요."

“그래요.”

한마디로 레이저 광선 발사기다. 아니 오히려 목표물을 폭탄으로 만드는 병기에 가깝다.

“발사 방법을 알 수 있을까요?”

“마나를 다룰 수 있는 이가 두 번째 서클의 2번째 문자에 마나를 주입하면 발사 되요. 그 빛을 목표에 고정시킨 다음 3번째 서클의 7번째 문자에 다시 마나를 주입하면 되요.”

방법을 알았으니 시험해 볼 시간이다.

김현철이 막대기를 들고 언덕 위에 섰다.

그리고 막대기 끝을 쇼거스의 파편에 조준했다.

빛이 생기고 빛은 쇼거스의 파편에 닿았다.

그리고 세 번째 서클의 7번째 문자에 손을 가져다 대는 순간 쇼거스의 파편이 폭발했다.

꽝!

“…….”

“이건… 뭐…….”

순간 굉음과 함께 선착장으로 지름 20m는 족히 넘어 보이는 구덩이가 파였다.

“겁나네.”

김현철이 고개를 저었다.

“미스릴은 모든 마나의 변환을 무력화시킵니다. 당연히

미스릴에는 작용하지 않으니 그리 걱정하지 않아도 됩니
다.”

“우나―민의 말이 맞습니다. 다만 딛고 있는 땅이나 물체
가 폭발할 수는 있으니 완전히 안심하면 안 됩니다.”

동범도 우나―민의 말에 동의했다.

하지만 정작 그 자신의 표정은 풀어지지 않았다.

지금까지 울루마누시아 재상이 벌인 일련의 사건은 모두
엘프가 인간보다 우위에 있다는 사실을 증명하려는 것이었
다.

하지만 그의 행동은 동범에 의해서 실패로 돌아갔고 오히
려 정통성 자체를 동범에게 넘겨준 상태다.

동범은 울루마누시아 재상이 지금까지 인간을 지배하려
하던 목표를 변경시켰다고 믿었다.

울루마누시아 재상은 인간을 멸망시키려 하고 있었다.

‘방법은?’

몇 마리의 쇼거스로 그런 일이 가능할 리 없다. 그에게는
목표를 이루기 위한 더 많은 힘이 필요했다.

동범은 사고를 확장시켰다.

‘그가 가진 것이 뭐지? 네크로노미콘.’

후쿠시마의 경우에서 보듯 울루마누시아 재상은 ‘네크로
노미콘’을 가지고 있다. 더 많은 쇼거스를 만들 수 있다는 의

미다.

"아~!"

놓치고 있던 일이 있었다.

죽은 베르나르는 유적에서 발견한 쇼거스 알이 수십 개라고 말했었다.

동범은 김현철에 의해 이젠 거대한 구덩이로 변해 버린 선착장을 바라보았다.

'라―쥬에서 죽인 쇼거스가 100마리가 넘어. 그리고 저 쇼거스도 100마리는 넘지. 그렇다면……'

답은 한 가지다.

울루마누시아 재상은 훨씬 이전부터 쇼거스를 만들고 있었다. 그리고 그 장소는 여왕이 지구상에서 흑마나의 기운이 가장 강한 지역이라고 말했던 일본일 것이다.

쇼거스는 단순히 우연의 산물이 아니다. 보통 인간들은 먹혀 버리는 네크로노미콘의 마력에 저항하는 힘은 폐쇄적이고 자폐적이며 타인과의 벽이 두터운 성격을 가진 사람들이 가지고 있을 확률이 높다.

동범은 그런 집단의 인간이 일본에 많다는 사실을 알고 있다.

'히키코모리.'

틀어박히다라는 뜻의 일본어 히키코모루의 명사형인 히키

코모리는 스스로의 의지로 사회와 담을 쌓고 외부 세계와 단절된 채 생활한다.

그들은 타인과 대화하는 것을 꺼리고 밤과 낮이 뒤바뀐 생활을 하며 극도의 자기혐오나 상실감 또는 우울증 증상을 보인다.

"노멘?"

"응!"

"일본에서 특정 조건을 가진 집단이 대량으로 사라진 사건을 찾을 수 있을까?"

"조건을 불러줘."

"외부 활동 없음, 자기만의 세상에 침착, 타인과의 원활한 관계를 맺지 못함, 히키코모리라고 생각하면 될 거야."

"알았어. 찾아볼게."

지시를 끝낸 동범은 숨도 쉬지 않고 다시 말했다.

"박종석 기사단장 옆에 있습니까?"

"여기 있습니다, 왕자님."

화면에 박종석이 나타났다.

동범은 단도직입적으로 물었다.

"쿠스토스들은 실전에 투입할 수 있습니까?"

"날진 못해도 뛸 정도는 됩니다."

동범은 고개를 끄덕였다. 훈련에 있어서만큼은 박종석을

신뢰할 수 있다. 그가 뛸 정도라고 말했으면 충분히 쓸 만해졌다는 이야기다.

"노멘, 쿠스토스용 장비는 어떻게 됐어?"

"제작 완료. 오늘 밤, 출발시킬 거야."

"일본으로 보내. 그리고 라—쥬에는 최소 인원만 남기고 기사단과 쿠스토스들도 모두 일본으로 보내."

"잠시만……. 항공편을 고려할 때 48시간이 걸려."

"좋아. 박 단장님, 들으셨죠?"

"명령대로 하겠습니다. 간만에 몸 좀 풀겠군요."

통신을 끝낸 동범은 이를 악물었다.

대책을 세웠지만 그래도 마음 한구석을 채우고 있는 찜찜한 구석이 사라지지 않았다.

'놓친 것이 있어. 그가 가장 없애고자 하는 존재는……'

당연히 자신이다.

동범은 비로소 깨달았다.

미쿠라 섬은 울루마누시아 재상이 파놓은 함정이었다.

동범의 생각을 증명이라도 하는 것처럼 잔잔하던 선착장 인근 바닷물이 파도로 변해 해변으로 밀려오기 시작했다.

아니 그것은 파도가 아니었다.

그것은 숫자를 셀 엄두조차 낼 수 없을 만큼 많은 수의 쇼거스들이었다.

*　　*　　*

올해 21세의 미치코 순사는 잠을 자지 못해 벌겋게 달아오른 눈을 비볐다.

그녀는 벌써 3일째 집에 돌아가지 못한 채 근무를 이어가고 있었다.

미치코 순사는 지친 다리를 주무르며 계단을 내려갔다. 그녀는 혼자가 아니었다. 미치코 순사의 앞과 뒤에도 같은 표정을 한 경찰관들이 개미처럼 열을 짓고 있었다.

계단을 모두 내려가자 신주쿠 역이 나타났다.

신주쿠 역은 하루 이용객이 364만 명에 달하고 출입구만 200개가 넘는 초거대 지하역이다.

하지만 신주쿠 역은 현 일본 상황을 대변하듯 지옥의 적막에 뒤덮여 있었다.

"사정 봐주지 말고 모두 잡아들여."

지휘관이 앙증맞은 메가폰을 들고 외쳤다.

경찰관들은 삼삼오오 짝을 지어 각 통로로 흩어졌다.

그들이 찾는 이들은 오니 환자들이다.

일본 정부는 폭발적으로 증가하는 오니 환자들을 동경 주변의 섬에 격리하기 시작했다. 그리고 막대한 자금을 들여 그들에게 식량을 공급했다.

하지만 그런 정부의 보호를 받지 못하는 환자들도 있었다.

미치코 순사가 맡은 임무는 지하로 숨어든 그런 오니 환자들을 포획하는 일이다.

지하에 숨어든 오니 환자들은 대부분 불법체류자들이었다. 그들은 잡히는 즉시 자국으로 추방되었다.

추방은 곧 죽음을 의미했다.

오니 환자라고 확증된 사람을 받아들일 나라는 없었다.

"하기 싫은 일이야."

미치코 순사와 짝을 이룬 노다 순사가 말했다.

그의 손에는 끝에 올가미가 달린 목봉이 소중하게 들려 있었다.

"저들이 밤이면 외부로 나와 상점과 주택을 습격하니까요."

"어쩔 수 없지. 잡히면… 죽으니까."

그때 전방 통로에서 날카로운 비명 소리가 들렸다.

노다 순사와 미치코 순사는 통로를 향해 달렸다.

피골이 상접한 한 여성이 남색 군복 스타일의 옷을 맞춰 입은 남성들에게 둘러싸여 있었다.

미치코는 남자들의 등에 적힌 '대일본제국 사수 청년대' 라는 흰 글씨로 그들이 자경단이라는 사실을 알아차렸다.

"아악! 악!"

자경단들은 미친 개잡듯 쥐며느리처럼 몸을 구부린 여성을 몽둥이로 두들기고 있는 중이었다.

"멈춰요."

미치코 순사가 소리치자 자경단이 몽둥이질을 멈추고 고개를 돌렸다.

"린치는 불법이에요. 멈추지 않으면 모두 체포하겠어요."

사람을 구타했으니 무조건 체포해야 한다. 그것이 경찰의 의무다.

하지만 그녀는 멈추면 모른 척하겠다는 의미가 내포된 말을 하고 있었다.

미치코 순사는 자신의 말에 어폐가 있음을 인정했다. 그리고 상부의 지시 때문이라고 스스로를 합리화시켰다.

자경단들은 못마땅한 표정으로 침을 뱉으며 사라졌다.

미치코 순사는 온몸이 멍들어 파랗게 변한 여성에게 다가가 물었다.

"괜찮아요?"

뼈와 가죽만 남은 여성이 남자들에게 집단 린치를 당했다. 질문을 던지면서도 스스로가 한심했다.

여성이 빛이 사라진 눈빛으로 미치코 순사를 바라보았
다.

미치코 순사는 그녀의 눈에서 암흑을 읽었다. 그것은 빛이
없는, 한없이 회색에 가까운 검정색이었다.

여성은 천천히 입을 열었다. 그리고 갈라 부르튼 입술 사이
로 힘겨운 단어를 뱉어냈다.

"복~ 수~ 할~ 거~ 야."

미치코 순사는 그녀의 음절에서 절망을 느끼고 뒤로 한걸
음 물러섰다.

"꾸에에엑~!"

여성이 누렇고 걸쭉한 액체를 입으로 뿜어냈다. 그리고 흰
자위를 드러내며 눈을 뒤집었다.

그리고 온몸의 관절이 절대 틀어져서는 안 되는 방향으로
꺾이기 시작했다.

뿌드드득!

뿌득!

뿌드득!

그 모습은 마치 영화 엑소시스트의 한 장면을 연상시켰다.

'달라.'

허리는 더 굽혀졌다. 아니 굽혀졌다는 표현보다는 접혔다
는 표현이 옳았다.

입에서 뿜어져 나온 액체들이 생명을 가진 것처럼 움직였
다. 액체들은 어느새 공처럼 변해 버린 여성의 몸을 타고 감
싸기 시작했다.

"미치코 순사!"

노다 순사가 불렀다. 미치코 순사는 고개를 돌려 그를 봤
다. 노다 순사가 자신의 사타구니를 가리켰다.

고개를 내려 보니 아랫도리가 젖어 있었다.

미치코 순사는 공포에 질려 자신도 모르게 방뇨를 하고 만
것이었다.

창피한 감정은 들지 않았다.

함께 조를 짜온 4명의 순사들도 모두 선 채로 실금을 하고
있었다. 그들도 자신처럼 실금을 했다는 사실을 모르고 있었
을 뿐이었다.

뒤로 기어 나와 정신을 가다듬은 미치코 순사의 눈앞에는
검은색 각피로 둘러싸인 거대한 알이 모습을 드러냈다.

여인은 알로 변해 버렸다.

"이것이 무엇일까요?"

"보고할게."

잠시 후 보고를 마친 노다 순사가 힘없이 말했다.

"신주쿠 역에서만 수천 개의 알이 발견됐대."

"……"

미치코 순사는 그 말을 듣는 순간 오한을 느꼈다.

처음에는 그 추위가 노다 순사의 말이 불러온 공포라고 생각했다. 하지만 그 생각은 틀렸다.

추위는 느낌이 아닌 현실이었다.

미치코 순사는 머리가 깨질 것 같은 두통을 느꼈다. 두통은 머리에서 목을 타고 손발로 퍼져나갔다.

온몸의 신경이 비명을 지르고 있었다.

"아악!"

"아파!"

"아아악!"

다른 경찰관들도 미치코 순사처럼 모두 쓰러져 나뒹굴었다.

몸을 일으킬 수도 누울 수도 없는 강력한 고통은 미치코 순사의 몸을 급속하게 굳게 만들었다.

단 몇 분 사이에 경찰관들은 밀랍 인형처럼 딱딱하게 굳어버렸다.

몸을 움직일 수 없었지만 고통과 의식은 남아 있었다. 미치코 순사는 천천히 알에 금이 가는 모습을 똑똑히 보았다.

그리고 그 알 속에서 축축하고 어두우며 끈적한 무언가가 기어 나오는 모습을 보고 절망을 느꼈다.

어둠이 100개의 입으로 소리쳤다.

"테켈리―리(Tekeli―li)! 테켈리―리(Tekeli―li)! 테켈
리―리(Tekeli―li)!"

＊　　　＊　　　＊

"테켈리―리! 테켈리―리! 테켈리―리!"
"테켈리―리! 테켈리―리! 테켈리―리!"
언뜻 들으면 유치원 아이들의 조잘거리는 소리 같은 구호
가 해변을 뒤덮었다.
동범은 언제나 그랬듯이 한 가지 단어를 내뱉었다.
"빌어먹을……."
"어떻게 할까요?"
"죽이는 데까지 죽이고 튀죠."
동범은 막대기를 집어 들고 해변을 겨누었다. 아니, 겨눌
필요도 없었다. 해변은 검은 쇼거스로 뒤덮여 마치 갯벌처럼
보였다.
일본인들이 좋아하는 오봉 축제의 하나비처럼 빛줄기와
불꽃의 향연이 해변에 펼쳐졌다.
막대기도 만능은 아니었다.
수십 발을 난사하고 나니 압축 마나가 소진되었다.
동범과 김현철은 문자 그대로 막대기로 변해 버린 무기를

던져 버리고 랜스를 들었다.

그리고 언덕을 향해 용암처럼 밀려오는 쇼거스들에게 미스릴 탄환을 무차별로 발사하기 시작했다.

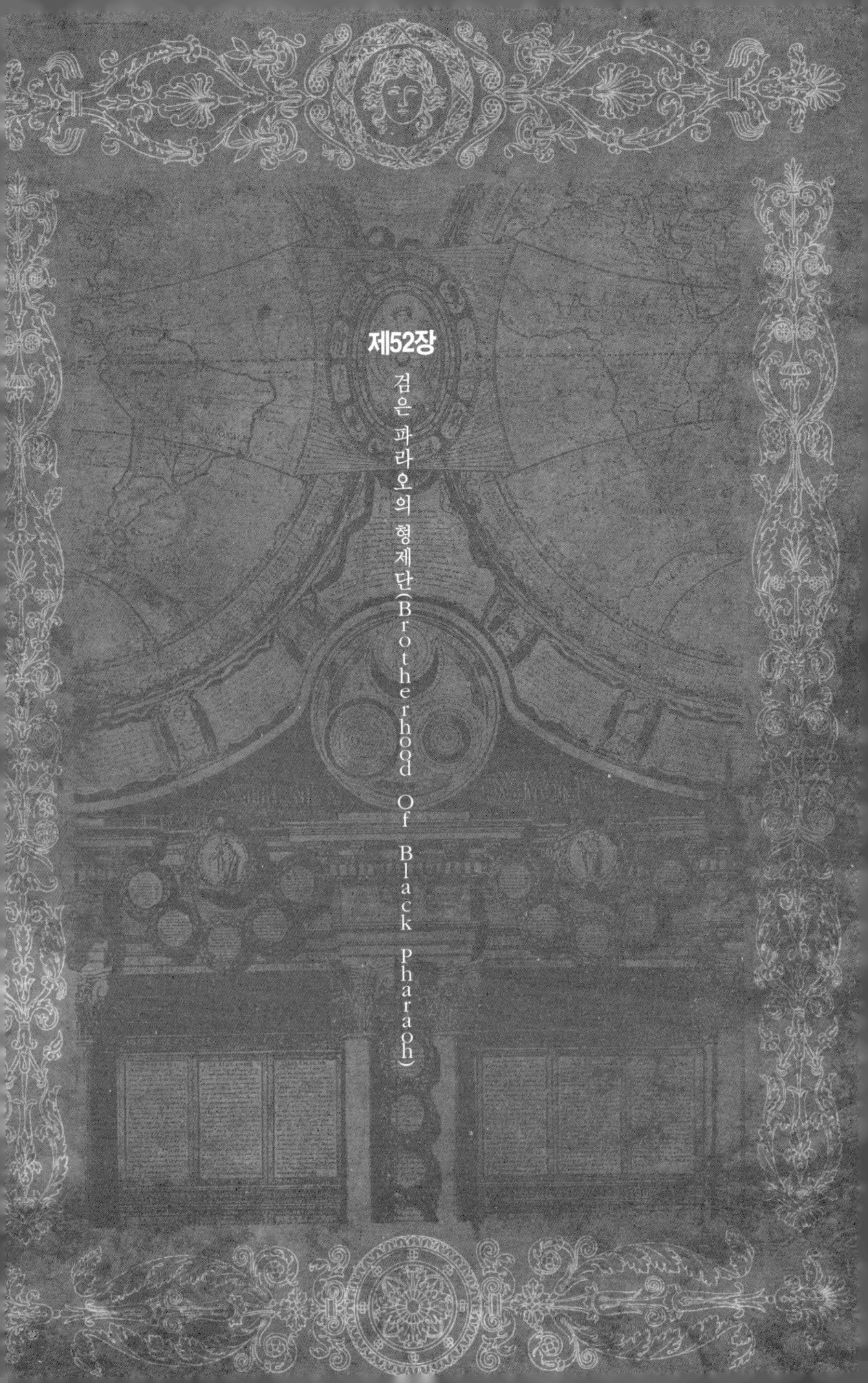

제52장
검은 파라오의 형제단(Brotherhood Of Black Pharaoh)

NOMEN
노멘

　　미쿠라 섬에서 가장 높은 산은 해발 851m의 오야마 산(御山)이다. 오야마 산은 각종 기암괴석도 유명하지만 산 정상 일대를 뒤덮고 있는 얼룩조릿대들의 장관으로도 유명하다.

　　울루마누시아 재상은 담담한 표정으로 멋진 자태로 바람에 흔들리는 얼룩조릿대들을 바라보고 있었다.

　　옆에 서 있던 다크 엘프 한명이 뉘엇뉘엇 저가는 태양이 그려놓은 붉은 수평선을 보며 감탄했다.

　　"지상은 역시 아름답습니다."

　　울루마누시아 재상은 지상에 이곳보다 아름다운 곳이 훨

씬 많다는 사실을 알고 있었다.

그는 2,500년 전 지상을 여행한 적이 있었다. 그리고 지상에서 매우 특별한 한 인물을 만났었다.

'그 아이는 특별했어. 아주 특별했지.'

울루마누시아 재상은 그가 만난 인간의 이름을 기억하고 있었다.

"헤로도토스였지. 착한 아이였어."

게르마니아에서 만난 헤로도토스는 호기심의 화신이었다. 그는 처음 본 울루마누시아에게 스스럼없이 다가왔고 식사를 대접했다.

그때 먹은 식사 메뉴는 오트밀에 불과했지만 울루마누시아 재상의 머릿속에 낙인처럼 선명하게 남아 있었다.

그래서인지 울루마누시아 재상도 넥타르와 암브로시아를 대접했다.

"허허~"

암브로시아를 먹으면서 인상을 찌푸리던 헤로도토스의 얼굴이 떠오른 울루마누시아 재상이 허허롭게 웃었다.

"그 모습이 너무 웃겨 난 넥타르를 만드는 법을 가르쳐 주었지."

가르쳐 주었다 말하기 힘들 만큼 간단한 힌트였다.

"햇빛이 만들어낸 신의 이슬과 얼음과 불의 대지에서 자란 드림랜드의 기억."

웃음기를 띠던 울루마누사아 재상의 표정이 다시 굳었다.

이동범이란 인간에게 쫓겨 일본에 온 후 울루마누시아 재상은 드림랜드의 기억이 턱도 없이 싸구려 술로 팔리고 있다는 사실을 알게 되었다.

인간은 그런 존재다.

지나가듯 흘린 말을 기록에 남기고 그 기록을 해독해 자신으로 것으로 채득한다.

모두 인간의 수명이 보잘것없이 짧기 때문에 벌어지는 현상이다.

이런 인간의 행동들은 영겁을 사는 엘프들의 상식으로는 상상하기 힘들다.

엘프는 기억의 전승을 구전에 의지한다.

엘프의 기억력은 수천 년 전 일도 사진처럼 기억한다.

"그냥 놔둘 수 없어."

인간의 본능은 언제나 파괴적이었고 현대에 와서는 그 힘이 극에 달해 있었다.

울루마누시아 재상은 전면전으로 인간을 이길 방법이 없다는 사실을 인정했다.

하지만 신은 자신을 버리지 않았다.

흑마나의 땅, 일본에 오고 난 후 그는 한 남자와 만났다. 그는 어울리지 않게 우스꽝스러운 황금 파라오의 복장을 하고 있었다.

그는 자신을 니알라토텝이라 소개했다.

그리고 울루마누시아 재상에게 힘이 되고자 한다고 말했다.

굳이 이해하려 하지 않아도 울루마누시아 재상은 그의 말이 사실이란 걸 알 수 있었다.

니알라토텝은 엘프인 자신이 마법을 쓸 수 있다손 치더라도 털끝 하나 어찌할 수 있는 존재가 아니었다.

"대가로 무엇을 원하는 것입니까?"

울루마누시아 재상의 질문에 니알라토텝은 권태롭다는 듯 말했다.

"혼돈, 절망, 죽음, 나태, 환멸 그리고 끝!"

니알라토텝이 원하는 것은 울루마누시아 재상이 원하는 것과 완벽하게 같았다.

울루마누시아 재상이 승낙하자 니알라토텝은 그에게 검은 파라오의 형제단(Brotherhood Of Black Pharaoh)이라고 부르는 6명의 남자를 넘겨주었다.

"이들은 나를 숭상하는 아이들이야. 무척 강하지. 난 신이

라 불리는 존재들 치고는 숭배자들에게 무척 잘해주는 편이

거든."

니알라토텝은 싱긋 웃으며 설계도 한 장도 넘겨주었다.

"너희 엘프들이 만들었던 스매쉬라는 물건을 보고 만들어

본거야."

그 말을 듣는 순간 울루마누시아 재상은 니알라토텝이 위

대한 옛것임을 알아차렸다.

하지만 그는 니알라토텝과의 거래를 후회하지 않았다.

인간에게 지구를 넘겨줄 바에는 모두 함께 기저의 심연에

몸을 담그는 것이 옳다는 신념 때문이었다.

멀리 해변에는 불바다가 연출되고 있었다.

울루마누시아 재상은 이동범을 재물 삼아 지옥으로 떨어

질 각오가 되어 있었다.

*　　　*　　　*

겨우 반경 5㎞인 미쿠라 섬은 온통 쇼거스로 덮인 것 같았

다.

미스릴 탄두는 바닥을 보인지 오래였고 동범은 김현철과

떨어져 섬을 헤매고 있었다.

"헉! 헉!"

　해변 사구에 몸을 숨긴 동범은 거친 숨을 내쉬며 시계를 보았다.

　아직 지원 병력이 오려면 꼬박 하루는 더 있어야 한다.

　동범은 최후의 수단을 생각해냈다.

　"노멘, 미군이 가지고 있는 네이팜으로 섬 전체를 태워버릴 수 있을까?"

　"불가능해."

　"왜? 블랙 노멘 때문에?"

　"그렇진 않아. 지금 일본은 완전히 지옥이야."

　"무슨 소리야?"

　"일본 본토 전역에 쇼거스들이 출몰하고 있어. 확인된 숫자만 1만이 넘어."

　"……."

　"이미 사상자가 100만 명을 넘었어. 당황한 일본 정부는 계엄령을 선포했고 주일 미군에 도움을 요청했어. 미군은 쇼거스와 싸우느라 어제 미사일 발사에 신경을 못 쓰고 있는 상태야."

　"그럼 내가 말했던 히키코모리들이 쇼거스로 변한 건가?"

　"경찰 기록에 의하면 사라진 사람들은 히키코모리가 아니라 노인 요양원에 방치되어 있던 노인들이었어. 일본 전역에서 약 12만 명의 노인이 사라졌어. 그리고 송환을 두려워해서 숨은 불법체류자들도."

"……."

"그 대부분 오니 환자들이야. 아무래도 오니 환자들은 쇼거스로 더 잘 변하는 인자를 가지는 것 같아."

동범은 경악했다.

확실히 노인 대국이라 불리는 일본의 노인들은 관심의 사각지대에 방치되어, 살아온 삶의 길이만큼 확고한 자신만의 벽을 가지고 있었다.

"울루마누시아 재상은 그대로야?"

"응, 아직도 오야마 산 정상에 있어."

"루트를 찾을 수는 없을까?"

"불가능해. 쇼거스가 너무 많아."

답답할 일이다.

"김현철 기사는?"

"흔적을 못 찾겠어. 6시간 전 산 중턱에서 사라졌어. 혹시 쇼거스에게 당한 건 아닐까?"

"크크크크."

"왜 웃어?"

"절대 안 잡혀. 숨은 거야. 왜 내가 그 생각을 못했지? 역시 김 중사님이야. 나도 숨어야겠다."

동범은 특수부대 출신인 김현철이 비트를 파고 들어갔다

고 확신했다.

김현철이라면 10분만 주어지면 비트를 팔 수 있다. 그리고 그 비트 안에서 오줌을 마시면서 1주일을 버틸 수 있다.

동범은 이동을 선택했다.

지금 몸을 숨기고 있는 사구의 모래는 비트를 파는 데 적합하지 않다. 무엇보다 외부에 흔적이 남기 때문이다. 비트의 최적지는 역시 김현철이 선택한 그늘이 들지 않는 산 중턱의 낙엽이 많이 깔린 지형이 제격이었다.

결정을 내리자 실행은 쉬웠다.

동범은 사구를 빠져나왔다.

"……."

그리고 꼿꼿한 자세로 얼굴을 분간하기 힘들 만큼 로브를 깊숙이 둘러쓰고 있는 두 명의 사람을 발견했다.

그중 한 명이 손을 들어 동범을 가리켰다.

동범은 본능적인 위협을 느끼고 도약했다.

"팍 콘피르마테 코르푸스."

그의 말이 끝남과 동시에 동범은 아주 조금 찌릿한 감각을 느꼈다. 하지만 그 정도의 찌릿한 감각이 신체에 어떤 영향을 줄 것 같지는 않았다.

동범은 단숨에 20m를 도약한 후 다시 대지를 박찰 준비를 했다.

아니, 하려 했다.

꽝!

동범은 도약 자세 그대로 모래에 처박혔다.

'말도 안 돼.'

몸이 의지와 상관없이 딱딱하게 굳어버렸다.

'마법?'

그럴 수는 없었다. 동범은 모든 마법을 무효화하는 미스릴로 만든 파워큐티클을 입고 있었다.

오히려 이 힘은 니알라토텝의 그것과 닮아 있었다.

니알라토텝은 파워큐티클을 입은 동범을 인형 다루듯 했다.

두 명이 다가오는 발걸음 소리가 들렸다.

동범은 몸속의 마나를 맹렬하게 회전시키기 시작했다. 그리고 압축된 마나를 단숨에 뿜어내 파워큐티클과 피부 사이를 채웠다.

그러자 파워큐티클이 붉게 물들기 시작했다.

'고맙다고 해야 하나?'

니알라토텝과 만났을 때 동범은 파워큐티클을 붉게 만드는 법을 터득했다. 당시는 마나의 양이 적어 붉은 파워큐티클을 유지할 수 없었지만 지금은 달랐다.

쥬나—라이오—민을 만나며 생긴 심장의 마나구는 지금까지는 상상하기 힘들던 막대한 마나로 붉은 파워큐티클을 유지시켜 주고 있었다.

'그래도 아쉬워. 더 오랜 시간을 유지할 수 있다면 울루마누시아를 잡을 수 있는데.'

라—쥬에서의 테스트에 의하면 심장의 마나구가 파워큐티클을 붉게 유지시킬 수 있는 시간은 불과 30분에 불과했다. 그리고 마나가 사라지면 동범은 극심한 무기력감에 빠져 혼절하고 말았다.

하지만 동범은 현재에 최선을 다하고 뒤를 돌아보지 않는 성격이다.

동범은 손으로 모래를 움켜쥐며 천천히 몸을 일으켰다.

그 모습을 본 로브 두 명이 다시 손을 들고 주문을 외우기 시작했다.

동범은 손에 든 모래를 로브들에게 뿌렸다. 그와 동시에 몸을 낮추고 로브들에게 도약했다. 붉게 변한 파워큐티클은 평소보다 10배 이상의 위력을 가진다. 그런 만큼 그의 도약은 붉은 선만을 남길 만큼 빠르고 강력했다.

"잡았어."

동범은 두 손으로 로브들의 가슴을 때렸다.

당연히 두 로브의 가슴이 함몰될 것이라 믿어 의심치 않았
다. 하지만 동범의 시도는 절반의 성공으로 끝났다.

"텔레포르……."

"텔레포르타티온."

두 로브는 다급하게 주문을 외웠다.

퍽!

휙!

"……?!!"

주문을 끝내지 못한 한 명은 동범의 예상대로 가슴이 무너
져 실 끊어진 연처럼 날아가 사구 한구석에 처박혔다.

미동도 없는 것으로 보아 즉사가 분명했다.

하지만 오른손은 허무하게 허공을 갈랐다.

"순간이동!"

동범이 아리아에게 그렇게도 부러워하던 순간이동이다.

하지만 마법사의 존재를 알고 난 후 동범도 놀고만 있었던
것은 아니다.

동범은 페이와 노멘의 도움을 받아 파워큐티클에 최신형
자동차에서 사용하는 소형 프리스케일 77㎓ 레이더를 6채널
로 심었다. 이 레이더는 최대 200m 주변의 사물을 감시해 지
능형 크루즈 운전이 가능케 하는 장치다.

동범은 이 장치를 파워큐티클에 이식해 대마법사용 탐지

기로 쓰고 있었다.

페이스 마스크의 표시가 어지럽게 움직이더니 우측 어깨 너머 5m 지점에 점을 찍어냈다.

동범은 도구함에 손을 넣어 쇠구슬을 한 움큼 집은 다음 뒤돌아보지도 않고 점을 향해 뿌렸다.

근접전과 원거리 전투에서 마법사를 이기기 위해서는 랜스나 햄머 이외의 무기가 필요했다.

여러 가지 무기를 선택하고 실험한 결과 최종적으로 동범은 쇠구슬을 선택했다.

대량으로 뿌릴 수 있고 간단하다는 이유에서였다. 더군다나 파워큐티클을 입은 상태에서 던져지는 쇠구슬의 위력은 12게이지 산탄의 위력을 월등히 상회했다.

동범의 선택은 옳았다.

퍽퍽!

쇠구슬은 마법사를 관통했다.

안심하긴 일렀다.

마법사가 쓰러짐과 동시에 페이스 마스크의 마크가 깜빡이며 4명이 더 나타났음을 알려주었다.

"빌어먹을……."

두 명은 하늘에, 두 명은 땅에서 다가오는 마법사들을 보고 동범은 특유의 욕설을 내뱉었다.

하지만 그 욕설에는 자신감이 묻어나고 있었다.

동범은 양손에 쇠구슬을 가득 쥐고 하늘에서 얼음 기둥을 쏴대는 마법사에게 던졌다. 놀란 마법사가 두 손을 앞으로 내밀었다.

총알처럼 날아간 쇠구슬이 마법사 앞 1m 부근에서 힘없이 떨어졌다. 그 모습은 니알라토텝이 미스릴 탄두를 막아내는 모습과 일치했다.

'니알라토텝.'

동범은 주먹을 움켜쥐고 심장의 마나구를 더 세차게 가속시켰다. 그러자 파워큐티클이 붉은색을 넘어 백광이 섞인 홍염의 밝은 적색으로 변했다.

스팟!

동시에 동범의 신형이 사라졌다.

그가 사라진 자리에는 50㎝ 이상 파인 구덩이만 덩그러니 남아 있었다.

구덩이에서 비산한 모래를 배경으로 동범은 허공에 떠 있던 마법사 앞에 나타났다. 아랍 계열로 보이는 마법사의 얼굴에서 당혹감이 느껴졌다.

동범은 날아오른 속도에 파워큐티클의 힘을 담아 주먹을 휘둘렀다. 주먹이 마법사의 턱에 정통으로 틀어박혔다.

퍽!

타격으로 마법사의 턱이 사라졌다.

동범은 참혹한 광경에 잠시 눈을 감았다.

'이제 시작일 뿐.'

동범은 몸을 회전시키며 지상의 마법사에게 쇠구슬을 던졌다. 은빛 쇠구슬이 하얀 선을 그리며 마법사에게 날아갔다.

마법사는 기본적으로 주문으로 마법을 발현시킨다.

동범은 문제를 최대한 단순화시켜 대마법사 전투에 임하는 한 가지 원칙을 만들었다.

"주문을 못 외우게 하면 그뿐."

입을 막으면 된다.

그러기위해서 동범이 선택한 것은 인지가 불가능할 정도의 속도였다.

*　　　*　　　*

울루마누시아 재상은 격동으로 몸을 떨었다.

'어찌 인간이……'

붉게 타오르는 홍염의 갑옷을 입고 검은 파라오의 형제단(Brotherhood Of Black Pharaoh)의 마법사들을 도륙하는 이동범의 모습은 전설 속의 기사 베르세르케르(Berserker)를 연상시켰다.

베르세르케르는 드림랜드 최종 전쟁 당시 크툴루의 종복, 크툴루 스타 웨폰과 싸우기 위해 엘프와 아엘프 생명체, 즉 인간과 오크 등이 하나 되어 만들어낸 마지막 병기였다.

당연히 베르세르케르는 엘프 중에서도 선택받은 전사의 몫이었다.

"아~!"

털썩.

어떤 상황에서도 굽혀지지 않을 것 같았던 울루마누시아 재상의 무릎이 굽혀졌다. 그는 손으로 얼굴을 감싸안고 눈물을 흘렸다.

이제야 신의 뜻을 알 것 같았다.

신은 엘프에게 고결한 품성과 지능, 무한에 가까운 수명과 젊음을 주셨다. 그 뒤 만들어진 인간에게는 탐욕과 욕망, 낮은 지능, 짧은 수명을 부여했다.

울루마누시아 재상은 신의 선택이 인간이 엘프에 속해 있는 증거라 믿었다.

하지만 아니었다.

직접 두 눈으로 엘프의 수명에 비하자면 찰나에 불과한 2,000년 동안 인간이 쌓아올린 업적을 목격했다.

마나 대신 전기를……

마법 대신 무기를……

넥타르 대신 켄밤을…….

엘프는 모든 것을 신에게 물려받았고 부족함이 없었다. 그것은 정체를 의미했다.

인간은 모든 것이 열악했다. 그리고 극복했다.

신은 인간을 사랑했다.

참을 수 없는 자괴감이 심장을 저리게 만들었다.

그동안 그가 그렇게도 가지고 싶어 하던 엘프의 헤게모니는 꿈이었다.

"단지, 옛것이었을 뿐이야."

그랬다.

엘프는 단지 '옛것'에 불과했다.

벌써 사라져 쥬나—라이오—민 신전 박물관에 박제로 남아야 할 퇴물이었다.

"크크크크크크."

울루마누시아 재상은 폐부를 뚫고 나오는 웃음을 토하듯 내뱉었다.

그리고 접힌 무릎을 펴고 꼿꼿하게 섰다.

"그렇다면!"

시대에 적응하지 못하고 사라져간 퇴물로 역사의 한 장을 장식할 수는 없다.

"모든 쇼거스를 해변으로……."

오야마 산 정상에서 쇼거스를 조종하던 다크엘프의 명령
에 따랐다.

울루마누시아 재상은 연거푸 명령을 내렸다.

"두 번째 계획을 실행하라."

명령을 들은 다크엘프 한 명이 주머니에서 핸드폰을 꺼내
들더니 전화를 걸었다.

그 모습이 참을 수 없이 우스웠다.

"크크크크크, 스스로 위대하다 자부한 우리는 통신구 만드
는 법을 잊어버려 남은 몇 개를 보물단지처럼 애지중지했다.
하지만 비천한 인간은 굴하지 않고 새로 만들어 버렸구나. 하
하하하, 엘프보다 인간이 100배는 위대했어."

울루마누시아 재상은 니알라토텝이 준 설계도로 만든 룩
서(Luxer)를 집어 든 후 번쩍 들고 소리쳤다.

"우리는 저놈을 잡고 지상의 진정한 주인이 누구인지 보여
줄 것이다. 모두 무기를 잡고 나를 따르라."

다크엘프들이 울루마누시아 재상의 외침에 호응했다.

"쥬나―라이오―민님의 무오류를 믿습니다."

"쥬나―라이오―민님의 무오류를 믿습니다."

"쥬나―라이오―민님의 무오류를 믿습니다."

울루마누시아 재상과 다크엘프들은 하늘과 땅을 이용해
해변으로 달려가기 시작했다.

그리고…….

앞장섰던 울루마누시아 재상이 피보라를 뿌리며 쓰러졌
다.

꽝!

그제야 공기를 갈기갈기 찢어발기는 굉음이 오야마 산 정
상을 가득 채웠다.

"재상님."

"재상님."

뜻밖의 상황에 놀란 다크엘프들이 쓰러진 울루마누시아
재상의 곁으로 모여들었다. 울루마누시아 재상의 몸에는 머
리가 사라지고 없었다.

재난은 울루마누시아 재상의 죽음으로 끝나지 않았다.

모여 있던 다크엘프들은 한 명씩, 혹은 두 명씩 가슴에 구
멍이 뚫려 쓰러지기 시작했다.

동범과도 헤어지고 수를 헤아리기 힘들 만큼 많은 수의 쇼
거스에게 쫓기던 김현철은 오야마 산 정상에서 600m 떨어진
높은 사면까지 도망쳤다.

그곳은 바위들이 켜켜이 쌓여 있어 당장에라도 산사태가
일어날 것 같은 위험한 지형이었다.

그냥 도망쳐서는 답이 없다는 사실을 깨달은 김현철은 한

가지 위험한 선택을 했다.

그것은 바로 아슬아슬하게 쌓여 있는 바위들을 붕괴시키는 것이었다. 파워큐티클의 단단함과 진공만 아니면 산소를 공급하는 성능만을 믿고 벌인 도박은 보기 좋게 성공했다.

쐐기 역할을 하는 바위에 몇 발 남지 않은 미스릴 탄환 중 한 발을 발사하자 그의 몸 위로 수십 톤에 달하는 바위가 일시에 쏟아져 내렸다.

얼마나 쌓였는지 모를 바위 속에 생매장당한 김현철은 모든 신경을 지상에 집중했다.

꽈르릉!

꽈광!

쇼거스들이 쌓인 바위를 부수고 던지고 있었다.

김현철은 생매장 당하기 전 품에 품고 있던 권총형 스매쉬를 살짝 쏘았다. 전면의 바위가 먼지로 사라지자 몸을 움직일 수 있었다.

그렇게 조금씩 공간을 넓혀간 김현철은 랜스를 부여잡고 인고의 시간을 견디기 시작했다.

그렇게 30분이 흘렀다.

어느 순간부터 쿵쾅거리는 소리가 들리지 않았다.

하지만 김현철은 움직이지 않았다.

'10분만 더 버티자.'

10분이 지나도 소리가 들리지 않았다.

그래도 김현철은 움직이지 않았다.

'5분만 더…….'

수색자가 사라졌다고 냉큼 튀어 나가는 것은 하수나 저지르는 행동이다. 프로 중의 프로인 김현철이 그런 실수를 범할 리 없다.

자신과 약속했던 5분의 시간이 흐르고 다시 5분의 시간이 더 흘렀지만 지상에서는 어떤 움직임도 느껴지지 않았다.

김현철은 스매쉬로 비스듬한 사선으로 갱도를 뚫기 시작했다.

갱도를 뚫는 일에 스매쉬보다 좋은 도구는 없다.

김현철은 10분의 작업 끝에 햇볕을 다시 마주할 수 있었다.

그가 탈출한 장소는 매장 당했던 장소에서 40m 정도 떨어진 비탈이었다.

'다들 어디로 간 거야?'

넘쳐나던 쇼거스들이 흔적도 없이 사라지고 없었다.

"노멘? 어떻게 된 거지?"

"나오셨네요. 계신 장소에서 11시 방향 12도 상방을 주목해 주세요. 페이스 마스크에 표시하겠습니다."

노멘이 지시한 장소는 오야마 산 정상이었다. 김현철은 그곳에서 30명에 달하는 사람을 발견할 수 있었다.

배율을 확대해 확인해 보니 그들은 엘프들이었다.

페이스 마스크에 우두머리로 보이는 사람을 마킹되었다.

"내가 무엇을 하면 되지?"

"급해요. 설명은 나중에……. 저격하실 수 있겠어요?"

자존심이 상했다.

자신은 UDT출신이다.

이동범만큼은 아니더라도 사격에는 일가견이 있다. 사격은 대한민국의 특수부대 요원이라면 기본적으로 갖춰야 하는 덕목이다.

김현철은 랜스를 바위에 거치하고 사격 자세를 취했다.

노멘이 페이스 마스크에 목표물까지의 거리와 풍향과 습도를 표시해 주었다.

'쪽팔리지 말자. 쪽팔리지 말자.'

꽝!

기분 좋은 반동이 어깨를 강타했다.

김현철은 발사한 미스릴 탄두가 600m를 날아가 정확히 우두머리로 보이는 엘프의 머리에 정확히 명중하는 모습을 보고 만족스러운 미소를 지었다.

"나도 UDT에서 사격으로 한 끗발 날렸다고! 이제 이 중사 아니, 왕자님에게 면목이 서겠네."

"멋있어요. 이제 나머지는 마음대로 사격해 주세요."

"탄창은 한 개뿐이야."

"그 정도면 충분해요. 그리고 사격이 끝나시면 선착장이 있는 해변으로 최대한 빨리 이동해 주세요."

"왕자님은 어디 있는데?"

"동쪽 해변요."

"그곳으로 가봐야 되지 않을까?"

"아니에요. 먼저 김 기사님이 피하셔야 해요. 그리고 챙기실 것두 있구요."

"오케이."

군인의 덕목은 질문이 아니라 임무의 충실한 수행이다.

김현철은 노멘의 말에 따르기로 했다. 지금까지 겪어온 노멘은 완벽한 참모이자 충실한 조력자였다.

꽝!

꽝!

꽝!

처음 명중시킨 목표 주변에 엘프들이 밀집되어 있어 김현철은 6발로 9명의 엘프를 처리할 수 있었다. 탄환이 떨어지고 남은 엘프들이 황급히 몸을 숨기는 모습을 본 김현철은 주먹을 불끈 쥐었다.

"아직 죽지 않았어."

잠시 딱딱하게 굳어 있던 몸을 스트레칭으로 편 김현철은
해변을 향해 달리기 시작했다.

*   *   *

미 해군 7함대 소속 버지니아급 원자력 잠수함 하와이 함
의 마틴 대령은 엄지손가락으로 지끈거리는 관자놀이를 문질
렀다.

그는 갑작스런 두통을 불러일으킨 원인을 제공한 전문을
다시 한 번 주의해서 꼼꼼하게 읽었다.

몇 번을 읽어도 전문이 명령하는 바는 한 치의 오류도 없이
명확했다.

"너무 쉬웠어."

하와이 함은 중국의 신형 잠수함 TYPE—94 진급 원자력
잠수함의 음문 수집 임무를 띠고 오키나와 섬을 끼고 수심
200m로 잠항 중이었다.

임무 자체는 매우 간단했다.

중국을 최초로 통일한 나라의 이름에서 따와 명명했다는
진급 원자력 잠수함은 바다의 증기기관차로 불리는 시끄러운
놈이었다.

중국이 아무리 잠수함 세력 확장에 발버둥친다 해도 북해

와 오오츠크 해, 동해에서 러시아 놈들과 산전수전을 다 겪어
이긴 미군을 따돌리는 것은 한없이 불가능에 가까운 일이었
다.

그런 간단한 임무가 전문 한 장으로 인해 역사책에 선명하
게 기록될 임무로 변했다.

하지만 마틴 대령은 망설이지 않았다.

"전투 배치."

명령이 떨어지자 숙련된 승조원들이 소리도 내지 않고 전
투준비에 돌입했다.

"24초. 최고 기록입니다, 함장님."

부함장 놀란 대위가 하얀 이를 드러내며 멋진 미소로 보고
했다. 그는 이 사태를 마틴 대령의 불시 훈련 정도로 인식하
고 있는 듯했다.

마틴 대령은 놀란 대위에게 전문을 내밀었다.

"……."

놀란 대위의 표정이 딱딱하게 굳었다.

"절차를 실행해, 마틴."

"알겠습니다, 함장님."

놀란 대위는 함장실에 있는 금고로 4명의 선임 장교를 불
러 모았다.

그리고 금고를 열고 플라스틱 판 한 장과 두 개의 열쇠를

꺼냈다. 한 개의 열쇠는 자신의 목에 걸고 나머지 열쇠와 플라스틱 판을 마틴 대령에게 건냈다.

마틴 대령은 건네받은 열쇠를 목에 걸고 플라스틱 판을 단숨에 쪼갰다. 쪼개진 플라스틱 판 안에는 빨간색 종이가 한 장 들어 있었다.

마틴 대령은 이 작은 한 장의 종이가 수십만 많게는 수백만 명을 죽일 수 있다는 사실에 언제나 놀라웠었다.

하지만 그런 생각은 언제나 상상 속에서 존재했다.

하지만 이제 이 종이가 상상에서 튀어나와 생명력을 가지고 있었다.

"명령 확인."

"인증 코드. F—F—J—D—H—S—D—G—S—L—S—I."

전문의 코드와 붉은 종이의 코드는 일치했다.

명령은 확인되었다.

"인증확인."

"동의합니다."

함교로 돌아온 마틴 대령은 하와이 함을 수심 20m까지 부상시켰다.

그리고 만일의 사태에 대비해 한 인간이 동시에 작동시킬 수 없게 고안된 콘솔 앞에 섰다.

"발사 준비 완료."

무기장교가 준비가 완료되었음을 보고해 왔다.

마틴 대령은 함교를 한 번 둘러보았다.

모든 승조원들의 표정이 불쌍하리만큼 질려 있었다.

그들의 심정은 충분히 이해가 갔다.

지금 발사하는 탄두는 법적으로 존재하지 않는 것이었다. 이 물건은 미국과 구소련 간 맺어진 핵무기 감축협상의 결과로 모두 사라졌어야 할 물건이었다.

하지만 언제나 그랬듯이 미군은 러시안을 믿지 않았고 소량의 탄두를 은밀하게 배치하고 있었다.

마틴 대령은 콘솔의 반대편 끝에 선 놀란 대위에게 눈짓을 한 뒤 목에 건 열쇠를 벗어 콘솔에 꽂았다.

그리고 어디선가 들었던 노래 한 구절을 살짝 변형해 읊조렸다.

"신이여, 미국을 보호하소서."

놀란 대위의 한쪽 입술이 살짝 올라갔다.

그는 마틴 대령이 읊은 노래의 원곡을 알고 있었다. 마틴 대령이 변형한 노래의 원곡은 영국국가로 그 원뜻은 신이여 여왕을 보호하소서다.

아일랜드계 이민자의 후손인 마틴 대령에게 영국 여왕은 불구대천 원수나 다름없다.

아이러니한 사실이지만 놀란 대위는 지금 이 순간 그런 꼬

투리를 잡을 만큼 어리석지는 않았다.

다만 자신들의 행동으로 인해 죽을 사람의 숫자가 최소한 이기만을 진심으로 기도할 뿐이었다.

'그나마 위력을 최소한으로 줄였으니……'

마틴 대령이 구령을 선창했다.

놀란 대위도 마틴 대령의 구령을 복창했다.

"발사."

"발사."

두 사람은 동시에 열쇠를 돌렸다.

수직 발사관을 덮고 있던 해치가 열리고 약간의 물방울이 솟아올랐다.

펑!

그런 다음 고압의 공기가 토마호크 미사일이 든 캐니스터를 수면 위로 밀어냈다.

포말과 함께 수면으로 나온 캐니스터의 밀봉이 벗겨지고 부스터가 맹렬하게 불꽃을 뿜으며 1.5톤에 달하는 토마호크 미사일을 순항고도로 밀어 올렸다.

충분한 고도에 도착한 토마호크 미사일은 부스터를 떼어낸 후 접었던 날개를 폈고 F415—WR—400/402 터보팬 엔진을 가동시켰다.

성공적으로 순항을 시작한 미사일에게 이제 남은 임무는

관성항법과 GPS, 지형추적 시스템(TERCOM:Terrain Contour Matching)을 이용해서 목표까지 날아가는 일뿐이었다.

*   *   *

파워큐티클은 다시 본래의 검은색으로 돌아온 지 오래였다.

붉은 파워큐티클을 유지할 수 있는 시간은 단 30분, 더해 홍염의 파워큐티클을 유지할 수 있는 시간은 15분에 불과했다.

그 시간이면 충분할 줄로만 알았다.

실제로도 상황은 예상대로 흘러갔다. 동범은 단 3분 만에 6명의 마법사를 모두 처리했다.

그리고 해변 전체를 가득 채울 만한 숫자의 쇼거스들이 예의 기괴한 구호를 연호하며 해일처럼 밀려왔다.

"*테켈리—리! 테켈리—리! 테켈리—리!*"

"*테켈리—리! 테켈리—리! 테켈리—리!*"

"*테켈리—리! 테켈리—리! 테켈리—리!*"

10분간 동범은 100마리 이상의 쇼거스를 갈기갈기 찢어발겼다.

"2분 남았어, 형! 선착장 쪽으로 튀어!"

노멘이 시간을 알려주자 동범은 말 그대로 튀었다.

"생긴 건 안 그런데 저놈들 정말 빨라. 그건 그렇고 방법은 있는 거야?"

"김현철 기사가 마중 나오고 있어."

동범은 어떻게 된 일인지 궁금했지만 더 이상 질문을 던지지 않았다. 언제나 그랬듯이 동범은 노멘을 신뢰했다.

등 뒤로 쇼거스들이 폭주기관차처럼 앞을 가로막는 모든 장애물을 부수며 몰려오고 있었다.

"신호하면 몸을 구부리고 폭풍에 대비해."

"너……. 혹시!"

"방법이 없었어."

"아무리 그래도……."

"행동 수칙 6. 인간이 동범이나 노멘을 해치려 하는 경우는 예외로 둔다. 난, 이미 이 수칙을 한번 확대 해석한 적이 있어."

노멘의 말대로 였다.

동범이 허종각이 보낸 사람들에게 사지가 부러졌을 때 노멘은 행동 수칙에 따라 CIA의 비합법공작부대나 특수전사령부(USSOCOM) 산하의 특수부대들, 연합특전사 산하의 델타포스, 해군특수전연구발전단(DevGru) 등을 모조리 동원하려 했다.

"이 섬에는 살아 있는 포유류가 24마리뿐이야. 모두 다크엘프지."

"……."

"난 그들의 목숨과 형의 목숨을 바꿀 생각이 전혀 없어. 이제 시간이 다됐어."

그렇더라도 노멘의 선택은 위험했다.

핵은 인류의 마음속에 공포의 낙인을 찍을 것이다. 그리고 그 낙인이 어떤 방향으로 작용할 것인지는 동범도 알 수 없었다.

노멘은 냉정하게 말했다.

"시간이 다 됐어. 카운트할게. 10, 9, 8, 7, 6, 5, 4, 3, 2, 1, 0."

카운트가 끝나자 동범은 최대한 몸을 구부린 채로 땅에 뒹굴었다.

순간 페이스 마스크가 하얀 빛으로 채워졌다. 그 빛은 너무나 밝아서 동범의 시야를 단숨에 앗아갔다.

빛이 있은 잠시 후 멀리서 이 땅에 존재해서는 안 되는 소리가 들렸다.

그 소리는 '붕' 이라고도 들렸고, '꽝' 이라고도 들렸다.

한편으로는 소리가 아니라 '고오오오' 하는 진동으로도 느껴졌다.

다음은 바람이었다.

바람은 빛과 소리의 진원지를 향해 빨려 들어갔다. 그리고 그 순간 다시 반대 방향으로 몰아쳤다.

집채만 한 바위를 공깃돌처럼 날리는 초속 70m의 바람은 단지 불어오기만 한 것은 아니었다.

바람은 열을 동반하고 있었다.

그 열은 너무나 뜨거워 지상의 모든 것을 증발시키고 녹여 버렸다.

"노멘."

예상이 현실로 맞아 떨어졌다.

열 폭풍!

이것은 전형적인 핵폭발의 현상이다.

동범의 생각대로 동중국해에서 날아온 토마호크 순항 미사일의 심장에는 1980년에 만들어진 W80이라는 수소폭탄의 일종인 열핵탄두가 장착되어 있었다.

무게 130kg에 달하는 W80 열핵탄두는 폭발력을 TNT 5,000~150,000톤까지 가변적으로 조정할 수 있는 탄두였다.

하와이 함에서 발사한 탄두는 다행인지 불행인지 그 위력이 최하점인 5,000톤에 맞춰져 있었다.

하지만 TNT 5,000톤이라 해도 무시할 만한 위력은 아니었다.

일례로 히로시마에 떨어진 리틀보이의 위력이 TNT 20,000톤이었다. 리틀보이는 그 정도로도 히로시마를 완전히 폐허로 만들었다.

그리고 더 큰 문제는 핵무기를 공포의 대왕으로 만들어준 방사능 낙진이었다.

이제 아름다운 이즈 제도의 섬, 미쿠라는 향후 30년간은 어떤 생명체도 살 수 없는 불모의 땅으로 변할 것이 분명했다.

＊　　　＊　　　＊

동범은 의식을 잃었다.

핵탄두가 떨어진 폭심에서 충분히 떨어져 있었고 파워큐티클의 가공할 만한 방호력의 도움을 받고 있었기 때문에 폭발에 의한 충격은 아니었다.

그가 기절한 이유는 심장을 감싸고 돌던 마나가 모두 소모되어 파워큐티클이 홍염을 잃었기 때문이었다.

의식을 잃은 동범은 페이와 운동장에 나와 있었다.

"노멘, 오른쪽!"

"달려 달려!"

두 사람은 축구를 하는 노멘을 응원하고 있었다.

노멘이 두 사람을 보고 환한 미소를 지었다.

"엄마, 아빠."

아빠가 먼저가 아닌 것이 약간 질투가 났지만 그래도 좋았다. 그림처럼 아름다운 화창한 휴일의 오후였다.

더할 나위 없이 완벽했다.

그때 핵폭탄이 터졌다.

동범은 두 눈으로 휴일 오후의 포근하고 사랑스런 세피아 색 풍경이 단숨에 지옥으로 변하는 모습을 목격했다.

페이가 먼지로 변해 사라졌고 노멘이 녹아내렸다.

그때 그가 나타났다.

그는 3류 마법사처럼 손을 흔들었다.

동범은 지옥의 풍경에서 단숨에 하얀 공간으로 이동해 있었다.

검은 구두에 검은 양복을 입은 남자가 말했다.

"재미있지 않나?"

"재미라고요? 당신은 이게 재미 정도로 보입니까? 당신의 장난 덕분에 핵폭탄이 터졌고 "

니알라토텝이 양손을 들고 어깨를 으쓱이며 말했다.

"개미가 줄지어 먹이를 나르고 있어. 한 꼬마가 막대기로 개미 앞에 깊은 고랑을 파지. 개미들은 혼란에 빠져. 인간으로 치자면 고속도로 한복판에 히말라야 산맥이 생긴 셈이거든. 내가 질문하지. 그 아이는 슬퍼할까?"

"……."

딱히 반박할 단어를 찾지 못했다.

니알라토텝의 말은 전적으로 옳았다. 그래서 동범이 할 수 있는 대답은 오직 침묵뿐이었다.

니알라토텝은 다시 말을 이어나갔다.

"넌 좋은 친구를 가졌더군."

"……"

"노멘이라 했던가? 그 아이는 인간의 감정과 기계의 규칙 사이에서 절묘한 줄타기를 하고 있더군."

"노멘은 인간보다 더 인간답습니다."

"후후, 이번에 내가 아주 오래전 인간에게 알려준 장난감을 널 살리기 위해 서슴없이 날리는 것을 보고도 그런 소리가 나오는가? 그 아이는 네가 동경 한복판, 아니, 서울 한복판에 있었다 해도 눈 하나 깜짝하지 않고 같은 행동을 했을 거야. 인간이라면 설령 대상이 부모라 해도 한 번쯤은 고민을 했었겠지. 안 그런가? 수백만이 죽는 일이라고."

니알라토텝의 말은 동범에게 충격으로 다가왔다.

동범은 도저히 니알라토텝의 말에 부정할 수 없었다.

니알라토텝은 노멘이 오직 동범에게만 인간적이라고 말하고 있었다.

"아닙니다. 노멘은 페이나 안드레 박사님에게도 동생이나 손자처럼 대합니다. 그는 절 좋아할 뿐입니다."

"노멘이 페이와 안드레에게 하는 행동이 너의 명령 혹은
너를 위해서라는 생각은 해보지 않았나? 개가 집에 오는 손님
을 물지 않은 이유는 주인이 밥을 주기 때문이라고."

"……."

"후후, 그래 믿음은 인간의 덕목이지. 그리고 배신도 인간
의 덕목이야. 역사를 보라구. 내 말이 틀려? 블랙 노멘을 생각
해 보라구."

"블랙 노멘은 아마도 당신의 것으로 추정되는 네크로노미
콘을 읽은 노멘의 자아가 분리된 것일 뿐입니다. 당연히 당신
에게 속해 있을 테고 당신은 블랙 노멘을 통해 아인슈타트 왕
자를 조종하려 했죠. 하지만 여의치 않자 아리아를 시켜 그를
죽였죠."

"정말 인간이란 가벼운 존재야. 넌 정말로 노멘과 블랙 노
멘이 다르다고 확신하는군. 그 믿음에 찬사를 보내지. 하지만
노멘이 인간이었어도 그렇게 전폭적으로 믿음을 보냈을까?
일말의 믿음도 없이?"

"……."

"난 아니라고 봐. 넌 네 마음속 한구석에 의구심을 가지고
있었을 거야. 안 그래?"

니알라토텝은 손을 들어 동범의 어깨를 두드렸다.

"아니라고 말 못하겠지? 넌 스크리바가 인간성을 가지기

시작했다는 말을 아직까지 노멘에게 하지 않았지. 노멘이 돌아온 후 넌 의도적으로 스크리바를 멀리했어. 아마도 노멘이 알아차리지 않을까 하는 걱정이 들어서였겠지."

니알라토텝의 혀는 날카로운 비수처럼 마음 한구석의 어두운 틈을 교묘하게 찔러왔다.

부정하고 싶지만 니알라토텝의 말은 맞았다.

스크리바에게 인간성이 생겨나고 있다는 말을 아직까지도 노멘에게 하지 않았다.

동범이 노멘을 믿는 이유는 그의 말과 행동 때문이다.

하지만 동범은 그의 말의 진실을 검증할 방법이 없었다.

"생각해봐. 어느 날 우연히 노멘이 나타나고, 노멘은 우연을 가장해서 상아의 서와 네크로노미콘을 네 손에 쥐어줬어. 우연? 웃기지 말라고 해. 우연은 확고한 필연의 다른 말일 뿐이야. 일전에 말했듯이 넌 매우 특별한 인간이야. 너와 노멘은 우연히 만난 것이 아니라 필연적으로 노멘에 의해 만나진 거라고."

논리적으로 반박할 수 없는 상황이 되면 인간은 부정을 하게 된다.

동범은 인간의 전형적인 행동패턴을 답습했다.

"아니야, 절대 아니야."

동범은 부정했다.

"넌 악마야."

부족했다. 동범은 다시 말했다.

"네가 핵폭탄을 인간에게 전해주었다고? 웃기지 말이야. 내가 그런 거짓말을 믿을 것 같아?"

속이 풀리지 않았다.

동범은 욕설을 퍼부었다.

"넌 풀지 못할 성욕을 타인의 탓으로 돌려 괴롭히는 고자에 변태일 뿐이야."

부정의 단계가 끝나면 인정의 단계가 시작된다.

하지만 동범은 절대 인정할 수 없었다.

니알라토텝의 말을 인정하는 것은 자신의 존재 이유를 부정하는 것과 같았다.

"절대 아니야. 넌 지옥에서 기어 나온 쓰레기라고."

동범은 격렬하게 고개를 흔들었다.

"맞아요."

옆에서 젊은 여성의 목소리가 들렸다.

검은 머리카락 새하얀 피부 그리고 오똑한 콧날 어울리지 않게 붉은 입술, 긴 속눈섭.

여인은 아름다웠지만 그 아름다움은 창백한 얼굴에 가려 빛을 잃고 있었다.

"니알라토텝은 기어 다니는 안개(Crawing Mist), 어둠의 악마(Dark Demon), 부풀어 오른 여인(Bloated Woman), 부유하는 공포(Floating Horror), 어둠 속에서 울부짖는 자(Howler In the Dark). 그는 피범벅인 혓바닥의 신이에요."

"오호랏, 네가 스크리바구나. 하하하, 나에 대해 많은 것을 알고 있군. 하하하하하."

니알라토텝이 즐거워서 미치겠다는 듯 광소를 터뜨렸다.

스크리바는 니알라토텝을 무시하고 동범의 손을 잡아왔다.

그 손은 차갑고 생경했으며 거칠었다.

"니알라토텝은 뱀의 혀, 두 개의 입, 다섯 개의 눈동자를 가지고 있죠. 그의 본성은 이간질이에요. 절대 지지 말아요. 지면 안돼요."

"네가 스크리바라고?"

"그래요. 슬프지만 그래요. 안타깝지만 그래요. 잊지 말아요. 당신을 당신답게 만드는 특질은 따뜻함과 애정이에요. 그것을 잊는 순간 당신은 당신이 아니게 되요."

"내가 아니면 대체 뭐가 된다는 말이지?"

"그것은 절대영도의 법칙이에요. 그것은 공기가 없는 진공이에요. 그것은 생명이 빠져나간……."

스크리바는 말을 끝내지 못했다.

"말은 대상을 설명하기에는 너무나 부족한 수단이지. 그러니 이쯤에서 그치는 것이 좋아. 너는 충분히 너의 임무를 수행했어.”

니알라토텝이 손을 흔들자 스크리바가 천천히 사라졌다.

“저를 잊지 말아요. 동범씨, 고마워요.”

동범은 사라지는 스크리바를 향해 손을 내밀었다. 그가 내민 손가락 사이로 스크리바의 환영이 포말처럼 부서졌다.

“스크리바! 스크리바!”

동범은 격렬하게 몸을 움직였다.

고개를 저었다.

주먹을 내려쳤다.

몸도 흔들었다.

누군가 몸을 흔들었다.

동범은 천천히 눈을 떴다.

먼지 범벅이 된 페이스 마스크의 흐린 틈으로 김현철이 보였다. 김현철이 열심히 자신을 흔들고 있었다.

“괜찮아? 어이~ 어이, 이 중사! 정신 차려!”

“…….”

“이 중사! 야! 일어나. 죽었어?”

단단한 차돌 같은 김현철이 눈물을 흘리고 있었다.

“왕자라고 불러요.”

“큥, 일어나셨네요, 왕자님.”

“우는 겁니까?”

“울긴 누가 울어. 먼지가 들어가서그래.”

김현철이 부축하고 있던 동범을 내팽개치고 말했다.

“파워큐티클을 입었는데 눈에 먼지가 들어갔다고요?”

“왕자님은 다 좋은데 꼬치꼬치 캐묻는 버릇 좀 고치십쇼. 자고로 윗사람은 봐도 못본 척 알아도 모르는 척 그렇게 무심하게 넘길 줄도 알아야 하는 법입니다.”

“고맙습니다, 이 중사님.”

“난 중사보다 기사란 호칭이 더 좋습니다. 폼 나잖습니까.”

“크크크크 김 기사님 하면 무슨 택시 기사 같아서 웃기던데요?”

“그럼 현철 경이라고 불러주십시오. 영화 보니까 경을 붙이던데.”

“아… 닭살.”

“크크크크.”

“크크크크.”

웃고는 있었지만 몸은 그렇지 못했다. 오래된 솜이 물을 잔뜩 머금은 것처럼 몸이 무거웠다.

“몇 시간이나 지났습니까?”

"꼬박 하루입니다."

"제가 하루를 기절했단 말입니까?"

"이 부근을 샅샅이 파냈죠. 완전 발굴이었습니다."

동범은 김현철의 부축을 받고 일어났다. 김현철의 말마따나 동범이 기절해 있던 주변은 온통 구덩이투성이였다.

"처참하군요."

미쿠라 섬 중심에서 터진 핵폭탄은 섬의 지형 전체를 바꿔 놓았다.

"1977년 이리 역에서 터진 폭발물이 겨우 30톤이었죠. 그것만으로도 반경 5km의 건물이 모두 사라졌습니다. 그런데 방금 터진 게 무려 5,000톤이라고 하더군요. 노멘이 경로를 알려주지 않아 폭심에 있었다면 저도 죽었겠죠."

"노멘이 뭐라고 하던가요?"

"꼭꼭 숨어 있다가 기절했을 형을 구해달라고 하더군요."

"……."

시간으로 보아 노멘은 동범이 마법사들을 만난 그 순간부터, 아니, 어쩌면 그전부터 핵을 염두에 두고 있었다.

확인하고 싶었다.

"노멘?"

대답이 없었다.

꿈속의 대화가 떠올랐다.

동범은 고개를 흔들었다. 노멘은 그런 존재가 아니다. 하지만 니알라토텝은 동범이 가지고 있는 노멘에 대한 신뢰에 가늘고 미세한 금을 내놓았다.

김현철이 손을 저었다.

"크리스탈 통신기는 문제없어 왕자님과 통신은 할 수 있는데 일반 채널은 모두 불통입니다. 위성통신기가 고장 난 모양입니다. 당연히 일반 통신 채널도 불통이죠."

"울루마누시아 재상은 빠져 나갔을까요?"

"나중에 노멘에게 확인해 보면 알겠지만 울루마누시아 재상은 제가 죽인 것 같습니다."

김현철이 자신이 겪었던 이야기를 해주었다.

이야기를 듣자 의문이 생겼다. 노멘이 어차피 핵을 날릴 계획이었다면 굳이 저격을 할 필요가 없었다.

답은 하나였다.

"노멘은 마지막 순간까지 핵을 사용하지 않으려 했군요."

"제 생각도 같습니다. 핵미사일이야 최후의 최후까지 기폭을 조정할 수 있다고 들었습니다."

안심이 되는 동범이다.

노멘은 회로가 타기 직전까지 고민하고 또 고민했을 것이다.

"아리아가 슬퍼할 것 같아 걱정입니다. 어떻게 말해야 할

지……."

김현철이 아리아를 걱정했다. 아니, 아리아가 자신을 어떻게 볼지 걱정했다.

모르는 사람과 아는 사람의 죽음의 차이는 크다.

죽음은 어떤 순간에도 평등하지 않다.

"엘프들은 감정에 휘둘리는 성격이 아니더군요. 아인슈타트 왕자를 스스로 죽였어도 아리아는 잠시 슬퍼하고 말았지 않습니까?"

"그래도 아버지라서……."

"인간과 엘프는 전혀 다릅니다. 인간 중에도 타인의 아픔을 인지하거나 공감하지 못하는 사이코패스가 있지 않습니까. 어쩌면 엘프는 그 폭력성이 외부로 표출되지 않는 것뿐, 극단적인 감정결핍증에 시달리는 사이코패스일지도 모릅니다."

동범은 다소 쌀쌀하게 자신의 의견을 피력했다. 하지만 그의 말은 김현철을 위로하기 위해 만든 말만은 아니었다.

인간이 다른 인간을 이해하지 못하는 것은 당연하다.

한 배에서 한날한시에 출생한 쌍둥이들도 성격이 다르다. 하물며 엘프는 인간이 아니다. 그들의 정신 구조가 인간과 같을 것이란 예단은 금물이다.

"이제 섬을 빠져나가죠. 핵폭발은 노멘이라고 해서 가릴 수 있는 성질의 것이 아닙니다. 일본뿐만이 아니라 미국도 난리가 아닐 겁니다.”

“그렇겠죠. 지진계로도 지구 반대편의 폭발을 감지할 수 있는 세상이니까요. 지금쯤 미군과 자위대가 몰려오고 있을지도 모르겠습니다.”

대화를 마친 두 사람은 해변으로 했다. 그리고 바다로 몸을 숨겼다. 두 사람의 예측대로 미군 군함들이 미쿠라 섬을 향해 급히 달려오고 있었다.

하지만 그 군함들 사이에 해상 자위대의 군함은 찾아볼 수 없었다.

일본은 자국의 영토에 핵폭탄이 떨어졌음에도 신경을 쓰지 못할 만큼 혼란에 빠진 상태였다.

제53장

진실을 감추는 법

NOMEN
노멘

　　고노 히로 수상은 어린 시절 어느 하룻밤의 기억을 떠올렸다.

　　먼저 요란한 사이렌 소리가 어린 히로의 귀를 찢었다.

　　그리고 지축이 흔들리기 시작했다. 히로는 진동이 지진인 줄로만 알았다. 하지만 뒤따른 화마는 히로의 생각이 틀렸다고 알려주었다.

　　도쿄의 밤은 불과 인간들의 울부짖음이 지배하는 세상이었다.

　　'다를 것이 없어.'

그날로부터 60년이 흐른 바로 오늘 도쿄가 불타고 있었다.

어제까지만 해도 수상의 지위를 버리고 도망치고 싶었다. 상상도 못해본 괴물들이 일본의 심장을 유린하고 있는 바로 이 순간 자신이 할 수 있는 일은 아무것도 없었다.

하루 전 전국의 오니 환자들이 동시에 알로 변했을 때만 해도 이 정도 상황은 아니었다.

오니 환자는 인간이다.

하지만 알은 이미 인간이 아니다.

후생 노동성 장관은 이렇게 주장하면서 알들을 모아 태워 버리자고 주장했다.

솔깃했다.

기쁘기까지 했다.

일본인들은 정부의 말을 신뢰한다. 정치인 입장에서 일본 인만큼 다스리기 좋은 종족도 없다.

폐를 끼치는 일을 극도로 혐오하는 일본인의 특성을 이용 하고 몇몇 언론사들이 분위기를 몰아가면 오니 환자들의 가 족들은 대놓고 반발하지 못할 것이다.

하지만 상황이 급변했다.

알은 괴물을 토해냈고 괴물들은 일본 전역을 유린했다.

괴물에게 총은 무용지물이었다. 없애려면 최소한 대전차 미사일 여러 발이나 전차의 고폭탄이 필요했다.

어떤 상황에도 매뉴얼에 의해 기계적으로 돌아가는 일본 공무원 집단은 숫자 일의 자리까지 완벽한 피해 상황을 시간 단위로 보고해 왔다.

히로 수상은 방금 변경된 사망자가 표시된 전광판을 곁눈으로 바라보았다.

전광판에는 붉은 글씨로 1,398,547이란 숫자가 표시되어 있었다.

펑!

꽈광!

퍼퍼펑!

근처 주유소라도 폭발했는지 강력한 폭발음의 잔재가 수상 관저까지 들려왔다.

움찔 놀란 히로 수상은 수상직을 내려놓겠다는 생각을 뇌리에서 지워버렸다. 수상 관저는 자위대 전차들이 철저하게 지키고 있다.

수상직을 내놓으면 일본에서 가장 안전한 장소에서 나가야 한다.

이렇게도 저렇게도 할 수 없는 자가당착에 빠진 하로 수상은 의자에 털썩 주저앉았다.

당초 하로 수상은 오니 사태의 원흉을 북한으로 지목했다. 북한은 상종할 수 없는 예측 불가능한 집단이었고 무엇보다 책임 소재를 돌릴 만만한 상대가 필요했다.

북한의 반발 따위야 걱정할 필요가 없었다.

북한은 미국을 비롯해서 한국 일본 정부가 언제든지 써먹을 수 있는 동네북이었다.

하지만 상황이 급변했다.

18시간 전 동경에서 200㎞밖에 떨어지지 않은 이즈 제도의 미쿠라 섬에서 핵이 터졌다.

이로서 일본은 3개의 원폭을 얻어맞은 나라가 되었다.

애초에 경쟁자가 전혀 없는 불명예다.

첫 두 발이야 전쟁 중이니 그렇다 치더라도 이번 한 발의 의미는 남달랐다. 히로 수상은 그 핵폭탄이 미국의 잠수함에서 발사됐다는 사실을 중국과 러시아로부터 통보받은 상태였다.

중국과 러시아는 자신들의 소행이 아니라고 알려온 것에 불과하지만 그런 행동은 히로 수상에게 한 가지 확신을 심어 주었다.

히로 수상은 오니를 시작으로 벌어지고 있는 일련의 사태의 뒤에 미국이 있다고 믿었다.

오니란 질병을 만들어 내고 괴물을 만들어낼 기술력을 가진 나라는 지구상에서 미국뿐이기 때문이다.

'믿는다면 어쩔 건데……'

상대는 미국이다. 방법이 없다.

히로 수상은 그 점이 안타까웠다. 그의 조부는 미국을 상대로 싸웠다. 하지만 손자인 자신은 세계 제3의 경제 대국을 이끌면서도 그럴 힘이 없었다.

*　　　*　　　*

외무성 장관이 다가왔다.

그는 히로 수상에게 조심스럽게 말했다.

"수상, 오바마 대통령입니다."

히로 수상은 초점없는 눈으로 외무성 장관을 바라보았다.

"무슨 할 말이 있답니까?"

"저도 모르겠습니다. 그래도 받아보심이……."

외무성 장관이 그의 시선을 외면하면 말꼬리를 흐렸다.

그 모습을 보자 괜스레 오기가 생겼다.

히로 수상은 의자를 박차고 일어났다. 외무성 장관이 화들짝 놀라는 모습을 보자 오기가 용기로 변했다.

지금은 대한민국 대통령에게 그 별명을 넘기긴 했지만 최근까지 일본 수상의 별명은 미국의 푸들이었다.

히로 수상은 자신이 푸들이 아니라 불독임을 아니 토사견임을 보여주리라 마음먹었다.

태평양을 건너온 목소리는 침착했다.

"비록 예기치 못한 시스템 오류에 의해 벌어진 예기치 못한 불가항력적 사고라고는 하나 일본과 일본인이 겪었을 아픔을 충분히 이해합니다. 미국 대통령으로서 심심한 유감을 표하는 바입니다."

유감? 이해? 뭘 잘못했는지 명확하게 밝히지 않는 화려한 외교 수사의 나열이다.

"일본에 핵미사일을 투하해 놓고선 유감이라고 말하셨습니까? 아픔을 이해한다고 말하셨습니까? 편리한 단어 선택이군요."

"다시 말씀드리지만 시스템 오류 때문에 벌어진 불의의 사고였습니다."

"동경 한복판에 핵을 떨어뜨려도 유감이겠군요."

히로 수상의 말을 들은 오바마 대통령이 지금까지의 낮은 저음을 버리고 높은 목소리로 다시 대답했다.

"1990년 아키히토(明仁) 천왕은 귀국이 35년 동안 식민 지배한 대한민국 대통령 노태우에게 '통석의 염'이란 단어를 사용했었지요. 제가 알기로 통석의 염이란 단어는 사전에도 없는 말로 귀국의 작가 이노우에 야스시(井上靖)가 만들어낸 단어에 불과했습니다. 그에 비하면 저의 유감 표명은 제가 신으로부터 부여받은 미국 대통령이란 직위로 볼 때 매우 이례적인 단어 선택입니다.”

“그런 말도 안 되는 괴변이……. 그 일과 이번 일이 무슨 관련이 있다고……. 그리고 1995년 당시 수상이었던 무라야마 도미이치(村山富市) 전 총리는 ‘통렬한 반성의 뜻’을 종전(終戰) 50주년 담화에서 언급했습니다.”

“하하하하. 참 편할 대로 가져다 붙이십니다. 그렇게 통렬한 반성을 하면서 귀국은 아직까지 식민 지배가 근대화의 초석을 다져주었다고 주장하는 겁니까? 나찌의 하켄크로이츠 깃발과 같은 의미를 가진 욱일승천기를 흔들면서 말입니다.”

“…….”

히로 수상은 말문이 막혔다.

미국은 지금까지 욱일승천기에 대해 그 어떤 반응도 보이지 않았었다.

민감한 지금 이 시점에서 미국이 욱일승천기를 언급한다는 것은 핵폭발에 대해 사과할 의미가 없다는 말과 같았다.

하지만 오바마 대통령은 히로 수상의 예측보다 한발 더 나갔다.

“불행한 사태였지만 그 결과로 귀국에 크나큰 고통을 주고 있는 질병의 진원으로 알려진 그곳이 사라졌다고 생각할 수도 있는 문제입니다. 신의 가호라고 할 수 있지요.”

그제서야 비로소 히로 수상은 오바마 대통령의 속마음을

알아차렸다.

오바마 대통령은 미국의 실수를 인정하지 않으려 하고 있었다. 역시 히로 수상의 예감은 적중했다.

"그러니 이번 문제는 일본의 요청에 의한 미국의 '선의' 정도로 마무리하는 것이 좋겠습니다."

"……."

"사실 지금 일본도 괴물들을 처리하는 데 곤욕을 겪고 있지 않습니까? 대가라면 그렇지만 저는 미일 양국의 선린우호 관계를 확인하는 차원에서 미일 상호 방위조약을 확대 해석해줄 것을 하원에 정중하게 요청할 생각입니다."

처음부터 이길 수 없는 대화였다.

일본이 미국에게 이빨을 제거당하고 길들여진 지 60년이 넘었다.

그래서인지 히로 수상은 오바마 대통령의 제안에 화가 나기는커녕 고맙기까지 했다.

오바마 대통령이 언급한 미일 상호 방위조약은 두 당사국 중 어느 한 나라가 정치적 독립 또는 안전이 '외부'로부터의 무력 공격에 의해서 위협받고 있다고 있을 때 발효된다.

이때 당사국은 단독이든 양국 공동이든 무력 공격을 저지하기 위한 수단을 지속적으로 강화한다.

하지만 현 시점에서 미군의 일본 내정 개입은 불가능하다.

일미 상호 방호조약의 제2조에 명시적으로 언급되어 있는 '외부로부터의 무력 공격'이라는 단서조항 때문이다.

그러니 오바마 대통령이 한 말의 뜻은 괴물의 공격을 외부에서의 무력 공격이라고 인정해 줄 수 있다는 의미였다.

히로 수상은 고민하지 않았다.

그는 태평양 건너편에 앉아 있을 세계 최고의 권력자에게 고개를 숙였다.

"부탁드립니다."

미군이 움직이면 괴물들의 난동을 물리칠 수 있다.

히로 수상은 수화기를 내려놓으며 생각했다.

'그러면 되는 거야.'

미국이 오니를 만들어냈다 해도 증명할 길은 없다. 설령 증명하더라도 미국이 인정하지 않으리라는 사실은 불을 보듯 뻔하다.

히로 수상에게 주어진 경우의 수는 단 한 가지다.

지금처럼 주인의 집을 지키고 꼬리를 흔드는 푸들로 살면 된다. 그렇게 되면 주인이 망하기 전까지는 잘 먹고 잘살 수 있다.

'망한 후 주인을 물어뜯을 수도 있는 문제고 말야.'

언젠가는 그렇게 될 것이다.

히로 수상은 언제가, 이젠 꺼져 불씨만 남은 대화혼(大和

魂)이 다시 활활 타오를 것이라 굳게 믿었다.

그는 활짝 웃으며 자신만을 바라보고 있던 각료들에게 말했다.

"이제 됐습니다. 미국이 힘을 보태주기로 했습니다."

"정말 잘하셨습니다. 역시 수상님이십니다."

"겨우 발을 뻗고 잘 수 있겠습니다."

각료들이 이구동성으로 말했다. 그들의 얼굴에는 불안감 대신 안도감이 자리 잡고 있었다.

그래서인지 이런 말도 나왔다.

"왜 실험을 일본에서 했는지……. 반도가 훨씬 더 좋은 장소였을 텐데 말입니다."

"그 대단한 미국이 괜히 일본을 선택했겠습니까? 일본인의 형질이 우수해서지요. 자고로 실험은 잡종으로는 할 수 없는 법입니다."

"하하하하, 그렇게 되나요. 하여튼 미국, 대단합니다."

총리 관저의 대 회의실에서는 악의를 악으로 생각조차 못하는 추악한 망령이 춤추고 있었다.

그 망령은 자신이 잘못하지 않았다고 확신하고 있었다.

그래서 그 망령은 절대로 반성하지 않았다.

그 망령은 손쉽게 진실을 망각해 버렸다.

그 망령은 진실을 망각하는 단계를 뛰어넘어 날조를 시작했다.

그리고 언제나 그랬듯이 스스로 만들어낸 날조를 진실로 믿어버렸다.

망령은 스스로 괴물이 되어버렸다.

*   *   *

동경은 지옥이었다.

출몰한 괴물들은 기묘한 구호를 외치면 인간을 개미핥기가 개미를 혀로 쓸듯이 먹어치웠다.

시민들은 집에 숨어 이불을 뒤집어 쓰고 두려움에 떨었다. 돈이 있거나 비행기 표를 구할 수 있는 일부 사람들은 미련없이 일본을 버렸다.

외국인들도 자국에서 보내준 전세기편으로 일본을 떠났다.

그런 와중에도 일본을 찾는 극소수의 사람들이 있었다. 그들은 대부분 정보기관에 소속되어 있거나 미증유의 괴물을 두 눈으로 보려는 호사가, 그리고 생명 공학 분야의 연구자들이었다.

하지만 막 나리타 공항에 내린 알렉스 로스는 그들 중 어떤 부류에도 속하지 않았다.

그는 동범의 부름을 받고 일본에 왔다.

아버지는 언제나 말씀하셨다.

"사람과의 인연은 신의를 만들고 신의는 돈을 만든다."

이동범과 노멘 인더스트리와 인연을 맺고 난 후 그는 엄청난 돈을 벌었다. 이동범은 자신이 원하는 일에 돈을 아끼는 사람이 아니었다.

더더군다나 노멘 인더스트리는 황금알을 낳는 오리를 넘어 다이아몬드를 쓰레기로 보이게 할 만큼 돈을 쓸어 담고 있었다.

워싱턴의 신뢰할 만한 헤드헌터 알렉스 로스는 세계에 이름이 알려지기 시작한 명주 켐밤이 노멘 인더스트리가 개발한 물건이란 사실을 알고 있었다.

그런 와중에 이동범이 자신을 일본으로 부르자 알렉스 로스는 직감적으로 그와 일본의 상황 간에 모종의 관계가 있음을 눈치챘다.

돈 냄새가 풀풀 풍겼다.

돈은 진리이자 생명이라고 생각하는 알렉스 로스는 동범이 보내준 전세기를 타고 일본으로 날아왔다.

일본의 상황은 미국에서 느낀 것 이상으로 심각했다. 그 중

거로 출국장을 통과하는 사람은 자신뿐이었다.

알렉스 로스는 출국장 바깥에서 자신을 기다리는 사람을 만났다.

"알렉스 로스 씨입니까?"

"그렇습니다. 이동범 씨는 어디에……?"

"가시죠. 차가 기다리고 있습니다."

남자는 사무적으로 말했다.

워싱턴에는 국방부가 있다. 알렉스 로스는 국방부에 아는 사람이 많았다. 그리고 그들을 통해 아주 특별한 부류의 인간들을 스카우트해 특별한 일에 소개하는 일을 했다.

알렉스 로스는 남자가 아주 특별한 부류의 사람이란 사실을 알 수 있었다. 이런 남자들에게 더 이상의 질문은 의미가 없다.

알렉스 로스는 잠자코 남자의 뒤를 따랐다.

김종국은 알렉스 로스를 만나자 한 통의 전화를 걸었다.

"노멘, 만났어."

"그럼 약속 장소로 옮기세요."

"위치를 알려주면 순순히 따라올까?"

"크크크크, 사실 상관없지 않나요?"

"쩝, 그건 그렇다. 알았어."

"수고하세요."

김종국의 예상대로 알렉스 로스는 목적지를 듣고는 격렬하게 반항했다.

반항은 상큼하게 무시당했다.

그는 꽁꽁 묶이고 재갈이 물린 채로 짐짝처럼 들려 옮겨졌다.

*　　*　　*

동범은 갈색 사각 틀에 역시 갈색 철판이 고정된 표지판 앞에 섰다.

표지판에는 흰 페인트로 일본어가 4줄에 걸쳐 적혀 있었다.

"노멘, 해독해줘."

"생명은 부모에게 받은 소중한 것입니다. 한 번만 더 부모님과 형제 그리고 어린 시절의 추억을 상상해 보세요. 혼자 고민하지 말고 상담해 주세요. 섬뜩한데? 밑의 두 줄은 연락처야. 후지 요시다 경찰서, 자살방지 연락회. 0555-22-0110."

"일 년에 400명 이상이 자살하는 곳이라고 하니까."

미쿠라 섬을 빠져나온 동범이 김현철과 도착한 장소는 후

지산 인근 주카이 숲이었다.

이곳은 표지판이 말해주듯 일본에서 가장 유명한 자살숲이자 죽음의 숲이었다.

동범은 망설이지 않고 숲 안으로 걸음을 옮겼다.

"형, 왜 인간은 자살을 해?"

"아마, 육체적이나 정신적으로 힘들어서 아닐까?"

"난 힘들다는 개념을 이해하기 힘들어. 어떤 기분인지 설명해줄 수 있어?"

"네가 가진 CPU가 100퍼센트로 작동하고 있는데 내가 답을 재촉하는 상황과 비슷할 것 같아."

"형은 재촉할 사람이 아니야. 기다리든지 다른 방법을 찾아내겠지."

"예를 들자면 그렇단 이야기야."

"힘들다고 사람이 자살하면 육체노동을 하는 사람들은 어쩌라고? 방금 통계를 찾아봤는데 육체노동자들의 자살률과 그렇지 않은 사람들의 자살률의 차이가 무의미할 정도로 적어."

"단지 육체적 정신적 압박만으로 자살하는 것은 아냐. 만일 너에게 네가 가진 자원을 총동원해서 원주율을 구하라고 한다면 어떻게 할 거야?"

"……"

노멘은 대답하지 않았다.

동범도 굳이 노멘을 부르지 않았다.

대신 주카이 숲의 풍경을 구경했다. 주카이 숲은 보기 드물게 원시림의 흔적을 잘 간직한 숲이었다.

노멘이 입을 연 것은 동범이 목적지에 거의 다 도착했을 때였다.

"3.14159265358979323846264338327950288419716939937 51……."

노멘은 10분에 걸쳐 빠른 속도로 원주율을 읊기 시작했다.

의미없는 숫자의 나열이 계속되자 머리가 지끈거렸다.

"그만해!"

"헉, 헉, 고마워, 형. 나에게 이런 아메바 똥 같은 일을 시킨다면……. 자살할지도 몰라."

"바로 그거야. 인간이 자살하는 이유는 셀 수 없이 많아. 인간은 서로 같지 않으니까."

"나와 블랙 노멘이 다른 것처럼."

"맞아."

동범은 아주 약간이나마 노멘을 의심했던 자신이 혐오스러웠다.

노멘이 인간에 대한 애정이 없다고 말할 수도 있다. 하지만 최소한 동범에게만은 충실했다.

믿을 수밖에 없다.

아니라 해도 어쩔 수 없다.

'노멘이 다른 목적이 있다 해도 이젠 돌이킬 수 없어. 걸음을 내딛지 않으면 목적지는 결코 가까워지지 않는 법. 갈 수밖에 없어.'

동범은 아름드리 전나무 두 그루 사이를 채우고 있는 풀숲을 헤치고 앞으로 나갔다.

"왕자님을 뵙습니다! 쥬나―라이오―민 님의 무오류를 믿습니다."

"왕자님을 뵙습니다! 쥬나―라이오―민 님의 무오류를 믿습니다."

파워큐티클을 입은 200명에 달하는 쿠스토스들이 일제히 오른쪽 손을 이마에 가져다 대며 외쳤다.

그리고…….

깡!

깡!

깡!

"이것들이 빠져서……."

"얌마, 상관에 대한 인사는 '충성!'으로 통일하라고 했어 안 했어."

"아~ 낯 뜨거워서 살겠나. 닝기리."

"모두 뚜껑 벗고 대가리 박아."

"안 박아? 안 박아? 자세 봐라!"

보안팀, 즉 라—쥬 제1기사단의 몽둥이가 난무했다.

"……"

파워큐티클을 입은 잘생긴 엘프 200명이 원산폭격을 하고 있는 모습은 장관이라면 장관이었다.

"어쭈, 마나 쓰지? 안 잠궈? 죽을래? 그래, 오늘 너 죽고 나 죽자. 다 죽자, 죽어."

"오늘 밤은 내가 특별히 짜장면을 만든다. 곱빼기다."

가장 큰 소리로 몽둥이를 휘두르는 사람은 역시 박종석이 었다.

"살려주십시오, 단장님!"

"앞으로 절대로 안 그러겠습니다, 단장님!"

"짜장면만은… 차라리 죽여주십시오!"

한편 촌극이 끝나고 박종석이 동범에게 달려왔다. 창피함 때문인지 열심히 휘두른 몽둥이 때문인지 박종석의 얼굴은 벌겋게 달아올라 있었다.

"충성! 볼 면목이 없습니다, 왕자님."

"즐기는 것 같은데요? 완전히 현역 때로 돌아간 것 같습니다."

"그, 그럴 리가요. 절대로 아닙니다."

군 시절 박종석의 별명은 100년 묵은 미친 개차반이었다.

"크크크크."

동범은 웃음을 터뜨렸다.

그러자 박종석이 머리를 벅벅 긁으며 말했다.

"쩝, 사실 맞습니다. 참으려 해도 워낙에 저놈들이 멍청해서요."

"엘프를 멍청하다고 말하는 인간은 역사상 박 단장님이 유일할 겁니다."

"그런가요? 하하하하."

"밤이 가까워 오니 오늘은 쉬게 하시고 잘 먹이세요. 절대로 박 단장님이 요리하지 마시구요."

"농담이었습니다. 저도 제가 만든 음식은 먹기 싫습니다. 크크크크."

"그 사람은 어디 있습니까?"

"저쪽 막사에 있습니다."

동범은 공터 한편에 세워진 간이 천막으로 향했다. 천막 안에는 동범이 부른 한 남자가 그를 초조하게 기다리고 있었다.

남자는 천막으로 들어오는 동범을 보더니 접이식 의자에서 벌떡 일어났다.

"이 소장님."

"하하하하! 오랜만입니다, 알렉스 로스 씨. 그동안 잘 지내셨습니까?"

"잘 지내나 마나 도대체 무슨 일입니까?"

"한 가지 부탁이 있어서 불렀습니다."

"부탁이라니요? 사람을 이렇게 납치해 놓고 부탁이란 말씀이 나오십니까? 그보다 밖에 저 사람들은 뭡니까?"

"다 돈입니다."

"돈이라구요?"

"잠시 기다려 주십시오. 박 단장 있습니까? 데려오십시오."

박종석이 대기하고 있던 엘프 10명을 데리고 천막으로 들어왔다. 남녀 5명씩으로 이뤄진 엘프는 일렬횡대로 서더니 경례를 붙였다.

"충성!"

당황한 동범은 박종석을 바라보았다.

"이들은 쿠스토스가 아닐 텐데요?"

"조금 전 쿠스토스들이 당하는 모습을 보고 쫄았나 봅니다. 야~! 너희는 충성이 아니야. 하던 대로 해."

봄바람에 산들산들 거리는 소녀의 마음이 이렇게 쉽게 변할까. 엘프들은 어느 장단에 춤을 춰야 할지 모르겠다는 표정이다.

알렉스 로스는 콩트를 하는 두 사람을 무시했다. 애초에 이 동범을 비롯한 노멘 인더스트리 사람들은 제정신을 가졌다고 보기엔 무리가 있는 집단이었다.

대신 그는 천막으로 들어온 젊은 남녀에 주목했다.

"……."

이들을 보고도 동범이 왜 돈이라고 했는지 모르면 워싱턴의 신뢰받는 헤드헌터 알렉스 로스가 아니다.

"돈이군요."

"돈이지요."

엘프들을 나가게 한 동범은 알렉스 로스와 마주 앉았다.

"저들은 제가 보유한 인원 중 극히 일부분일 뿐입니다. 기본적으로 4개 국어에 능통하고 몇 달 정도면 필요한 언어를 습득할 지능을 가지고 있습니다."

"모델이 지성을 지니면 가격이 올라갑니다."

세계 탑모델들의 수익은 일반인의 상상을 아득히 초월한다.

알렉스 로스는 모델 에이전시를 통해 저들을 공급할지 아니면 아예 모델 에이전시를 설립할지 고민했다.

하지만 그 고민은 부질없는 것이었다.

"전 저들을 단순한 모델로 사용할 생각이 없습니다. 저들은 신체능력 또한 발군입니다. 100m를 8초 플렛에 주파하니까요. 간단히 말해 기존 기록경기의 세계기록을 모두 갱신할 수 있는 능력을 가지고 있습니다. 그렇다고 격투 경기에 약점이 있는 것도 아닙니다. 모르긴 몰라도 효도르를 아이 취급할 겁니다. 야구나 축구도 발군입니다."

"……."

알렉스 로스의 솔직한 심정은 불신이었다.

하지만 상대는 노멘 인더스트리다.

불신하기엔 상대가 가진 능력은 끝을 알기 힘들 정도로 컸다.

"그렇다면 이야기가 달라집니다. 스포츠 스타가 잘생기고 게다가 머리까지 좋다면……."

"좋다면?"

"파생되는 부가가치는 이루 헤아릴 수 없을 만큼 커집니다. 마이클 조단을 생각해 보십시오. 그가 만일 못생겼다면? 아무리 실력이 뛰어나도 그렇게 각광받지는 못했을 겁니다. 당신 나라의 김연아나 박태환이라는 스포츠 스타도 마찬가지입니다."

동범은 만족스러운 미소를 지었다.

노멘이 선택한 알렉스 로스는 역시 똑똑한 남자였다.

"이제야 말이 통하는군요. 얼마나 걸리겠습니까?"

"우선 에이전시 설립이 우선입니다. 문제는 초기 자금입니다. 이쪽 세상은 돈이 모든 것을 결정합니다."

"필요한 만큼 투입하겠습니다."

"저런 인재들이 더 있다고 하셨죠? 그렇다면 각종 대회 투입, 성과 발생, 그리고 미디어 홍보에 의한 인지도 확대, 인지도를 기반으로 한 모델활동을 고려할 때 최소 1년은 필요합니다. 1년 후면 저들을 보지 않고 텔레비전 채널을 바꿀 수 없을 것입니다."

"좋군요. 실행하겠습니다. 미국으로 돌아가시면 필요한 비용을 청구해 주십시오. 다음 안건입니다."

"또 있습니까?"

"저들은 저의 취미활동일 뿐입니다. 이제 사업이야기를 해야죠."

아버지 말을 듣고 지키기를 잘했다.

위험한 일본으로 온 선택은 탁월했다.

노다지가 산사태처럼 굴러들어오고 있었다.

"실리콘 밸리에 NM테크놀로지이란 이름의 회사가 있습니다."

모를 리 없다. 회사 설립부터 직원까지 알렉스 로스가 직접 관여한 일이다.

"일전 한국에 갔을 때 처리했던 일의 부산물이었죠. NM테크놀로지는 김영우와 조기찬 두 사람만 직원으로 등재되어 있는 명목상의 회사입니다."

"이제 휴가는 끝났습니다. NM테크놀로지를 움직여야겠습니다. 사람이 필요합니다. 그것도 많이. 프로그래머를 100명 단위로 뽑아주십시오."

"무엇을 하실 건지 물어봐도 될까요?"

어쩌면 당연한 질문에 대한 동범의 대답은 퉁명스러웠다.

"그 질문은 헤드헌터가 할 성질의 것은 아닐 텐데요."

동범은 이쯤에서 알렉스 로스라는 사람을 시험해보기로 했다. 알렉스 로스에 대한 검증은 노멘이 했지만 한 인간의 성격을 서류로 표현할 수는 없는 것이다.

알렉스 로스의 대답은 간단했다.

"동기 부여가 다릅니다. 이유를 모르고 일을 하면 기계적 이 됩니다. 전 그런 사람이 아닙니다. 전 프로입니다. 고객의 요구를 확실히 알고 그에 적합한 인재를 뽑는 프로페셔널."

만족스러운 대답이다.

돈을 좋아하기는 하지만 알렉스 로스는 자신의 일에 자부 심을 가진 전문가였다. 또한 사생활도 깨끗했고 아내를 사랑 했고 아이들에게 헌신적인 아버지였다.

"스마트폰용 OS를 만들 생각입니다. 완전히 새로운 스마 트폰 말입니다."

의외로 알렉스 로스는 놀라지 않았다.

그는 천천히 되물었다.

"스마트폰도 만들 생각이십니까?"

“당연합니다. 이미 스마트폰의 두뇌에 해당되는 어플리케이션 프로세서의 개발이 끝났습니다. 코드명 몬스터로 이름 붙여진 AP는 기존 배터리로도 2배의 사용 시간을 보장하고 성능은 4배 이상 빠릅니다.”

사실 이 설명도 몬스터의 성능을 모두 말한 것은 아니다. 오버 테크놀로지에 가까운 성능이 주는 충격과 의혹을 약화시키기 위해 자체적으로 제약을 걸어야 할 정도로 몬스터의 성능은 뛰어났다.

‘놀랐지? 돈 되겠지?

동범은 자신만만했다.

하지만 돌아온 대답은 놀라웠다.

“3년 내로 망하겠군요.”

“…….”

워낙 뜻밖의 대답이라 동범이 입을 열지 못하자 알렉스 로스가 이유를 설명했다.

“스마트폰 OS시장은 애플사의 iOS와 구글의 안드로이드가 과점한 상태입니다. 노키아의 심비안이나 마이크로소프트사의 윈도우 모바일, 리서치 인 모션의 블랙베리 OS가 더 있기는 하지만 미미한 점유율이니 무시하도록 하지요.”

동범도 익히 아는 내용이다.

“묻겠습니다. 새로 만드실 OS에서 사용될 어플리케이션은 어떻게 하실 생각이십니까. 참고로 iOS가 보유한 어플리케이션은 100만 개에 육박하고 안드로이드의 어플리케이션은 50만 개를 넘었습니다."

스마트폰은 그 자체로는 막 구입한 윈도우만 깔린 컴퓨터와 다름없다. 무언가 하기위해서는 프로그램이 필요하고 그 프로그램이 어플리케이션이다. 알렉스 로스는 깡통 스마트폰으로 무엇을 할 수 있는지 묻고 있었다.

"그야… 만들면……."

"알이 먼저냐 닭이 먼저냐라고 할 수도 있겠지만 소비자는 기다려 주지 않습니다. 하지만 돈을 투입하면 어플리케이션 문제는 해결됩니다. 개발자들에게 돈을 주면 되니까요."

"그렇다면 또 다른 문제가 있다는 말씀이십니까?"

"특허입니다. 기존 대기업들이 가지고 있는 특허를 해결하지 못하면 답이 없습니다. 대한민국의 삼성 같은 대기업도 특허 문제로 1조 이상을 배상하고 있는 판국입니다. 스마트폰의 화면을 기우는 것. 한번 톡 하고 찍는 것 같은 소소한 특허부터 하다못해 링크된 주소를 클릭하면 그곳으로 이동하는 것 까지 모두 특허입니다."

삼성이 스마트폰을 전 세계에 가장 많이 판다고 들었다.

그런데 그런 삼성이 1조를 배상금으로 물어야 한다.

괜히 스마트폰 사업을 한다고 했다가 골수까지 빨릴지도

모를 일이다.

"안 되겠군요."

"아닙니다. 방법이 있습니다. 안드로이드 진형의 가장 큰 세력인 삼성과 손을 잡으면 됩니다."

"몬스터를 삼성에 팔라는 말씀이군요."

"삼성뿐만이 아니라 LG, HTC 등 안드로이드는 제조하는 회사가 많습니다. 안드로이드 시장의 AP를 장악한 후 압도적인 성능으로 애플을 몰아내면 됩니다. 모바일 계의 인텔이 되는 거죠."

알렉스 로스가 다시 보였다.

이 사람은 능력있는 헤드헌터의 차원을 넘어선 통찰력을 가지고 있었다.

하지만 동범의 이런 생각은 정보 부족에서 오는 완벽한 오해였다.

알렉스 로스의 주장은 스마트폰 시장에 조금이라도 관심이 있는 사람이라면 충분히 예측할 수 있는 문제였다.

즉, 동범은 스마트폰에 대해 너무 무식했다.

괜한 오기가 생긴 동범은 불쑥 말했다.

"전 완벽한 실시간 통역 프로그램을 가지고 있습니다. 이건 어떻습니까?"

지금까지 전혀 놀라지 않던 알렉스 로스다.

하지만 이번 발언에 대한 반응은 격렬했다. 그는 의자에서 번쩍 일어나더니 말했다.

"번역률은 어떻게 됩니까?"

"조금 전 전 완벽하다고 말했습니다. 인간이 눈치채지 못할 정도라고 자부합니다. 현지인 수준이고 말씀드리면 이해가 쉬우실까요?"

와락!

알렉스 로스가 동범을 껴안았다.

"이 무슨!"

"사랑합니다, 이 소장님."

껴안는데 그치지 않고 격렬하게 볼에 뽀뽀를 하는 알렉스 로스를 동범은 기겁을 하며 밀어냈다.

"전 이런 찰진 취미 없습니다."

"저도 없습니다. 돈, 돈이 보입니다. 세상의 돈이 몰려오고 있습니다."

"……"

이런 사람이 좋다. 마음에 든다.

이 상황에서 인류의 벽을 깼다느니, 새로운 단계로 나간다느니 하는 선비질은 딱 질색이다.

돈, 돈이다.

엄청난 돈이다.

"iOS야 애플의 독점 OS니 어쩔 수 없지만 안드로이드는 누구나 무료로 사용할 수 있는 공개 OS입니다."

"알고 있습니다."

"완벽한 번역 프로그램은 킬러 소프트가 될 것입니다. 그러니 번역 프로그램을 커스터마이징한 안드로이드를 몬스터를 사용하는 스마트폰에만 공급하면 됩니다. 그렇게 되면 OS와 AP를 동시에 장악할 수 있습니다."

마이크로 소프트에서 만든 엑셀 프로그램 때문에 윈도우를 벗어날 수 없다는 말이 있다. 엑셀이 표준인 이상 업무에 엑셀을 배제할 수 없기 때문이다. 그것이 바로 킬러 소프트다.

알렉스 로스는 그 점을 지적하고 있었다.

"안드로이드를 커스터마이징하려면 어쨌든 사람은 필요하겠습니다. NM테크놀로지의 인원은 계속 뽑는 것으로 하죠. 그리고 한 가지 더 있습니다."

"절 더 놀라게 하실 일이 또 있다구요? 기대 됩니다."

"하하, 이번일은 그리 놀라실 일이 아닙니다. 토마스 브릴이란 사람이 있습니다. 그를 NM테크놀로지의 CEO로 영입하고 싶습니다."

"그가 누굽니까?"

"록히드 마틴 한국지사 지사장이었던 인물입니다. 한국과 미국의 합의에 의해 군사기밀을 불법적으로 빼낸 누명을 뒤집어쓰고 옥살이를 하다 출소했습니다.”

“그런 사람을 왜……?”

“개인적인 빚이 있다고 해두죠. 주소는 알려드리겠습니다. 그리고 보수나 기타 대우에 관련된 사항은 전권을 드리겠습니다.”

“그렇다면 어려운 일은 아니군요.”

대화를 마친 동범은 자리에서 일어났다.

“멀리 오시느라 수고하셨습니다. 저희 직원이 다시 공항으로 모셔다 드릴 겁니다. 노파심에서 하는 말이지만 제가 하는 일은 언제나 비밀입니다.”

“비밀 준수는 저의 철칙입니다. 아버지께서는 말씀하셨죠. 입술의 무게와 벌어들일 돈의 액수는 정비례한다구요.”

“하하하하, 아버님은 현명하셨군요. 잘 가시길 바랍니다.”

인사가 끝났음에도 알렉스 로스는 천막을 나가려 하지 않았다. 잠시 망설이던 알렉스 로스는 의아해하는 동범에게 말했다.

“저를 믿어주시고 중히 써주시는 점 감사드립니다. 하지만 사실 저는 불편합니다. 노멘 인더스트리와 이 소장님에게 전 완벽한 타인이기 때문입니다.”

“그렇게 생각할 수도 있겠군요.”

"그래서 말씀드립니다. 절, 아니 제 회사를 노멘 인더스트리에서 인수해주십시오. 노멘 인더스트리의 일원이 되고 싶습니다. 그렇게 된다면 노멘 인더스트리의 일을 업무가 아닌 제 일처럼 할 수 있을 것 같습니다."

동범은 손을 내밀어 악수를 청했다.

"물론?"

"돈은 많이 주셔야죠. 저 이래 봬도 무척 비싼 몸입니다."

"딜!"

"딜!"

두 사람은 손을 잡고 힘차게 흔들었다.

알렉스 로스가 가방에서 병 한 개와 컵 두 개를 꺼냈다.

"사또 디켐입니다. 이 기쁜 순간을 그냥 흘려보낼 수는 없지요."

"후후, 일종의 전통이군요."

동범은 웃으며 알렉스 로스가 내민 컵을 받았다.

알렉스 로스는 컵에 와인을 따르며 말했다.

"역시 알고 계셨군요. 제 판단은 정확했습니다."

동범은 컵을 들고 말했다.

"지옥에 온 것을 환영합니다. 당신은 이제 인간이 아닌 것들의 세상을 보게 될 것입니다."

"예상했습니다. 밖에 있는 저 아름다운 인간들. 그들이 가진 능력을 인간의 것이 이라고 생각했다면 전 바보에 불과했겠죠."

"그랬다면 당신을 우리의 일원으로 받아들이지 않았을 겁니다. 전 바보는 딱 질색이거든요."

알렉스 로스는 건배한 잔을 단숨에 마시고 말했다.

"당신은 인간이지요? 뭐, 아니라고 해도 바뀔 것은 없습니다만."

"인간입니다."

"다행입니다."

"다행이지요."

이렇게 동범에게 또 한 명의 조력자가 생겼다.

*　　　*　　　*

육상 자위대 동부 방면대 제1보병사단 코마카도 주둔부대 제1전차대대 대대장, 코스케 삼등육좌는 무전기에 대고 피를 토하는 심정으로 외쳤다.

"불러준 좌표로 지원 사격 요망. 늦으면 안 돼."

"귀관이 불러준 좌표는 황거 지근이다. 혹시라도 잘못되면 황거가 위험하다."

일본 자위대의 포격 실력은 세상에 명성이 자자하다.

물론 정확함이 아니라 워낙 형편없어 알려진 명성이다.

그러니 포병대의 걱정도 이해가 가지 않는 것은 아니다.

하지만 지금은 그따위 한가한 걱정을 할 때가 아니다. 설령 황거의 건물 몇 채가 날아가더라도 일단 괴물들을 막아야 했다.

"어차피 막을 수 없어. 기다리다간 황거가 몽땅 날아간다고."

"상부에 문의해 보겠다, 기다려라."

"기다리라고? 너 누구야, 이 자식아! 괴물들이 네 말을 듣고 기다려줄 것 같아?"

"말조심해라. 후지 교도대 포병대대 대대장, 이치로 이등육좌다. 너보다 계급이 높다."

"……."

열이 머리끝까지 솟은 코스케 삼등육좌는 무전기 수화기를 던져버렸다.

"이러니 자위대가 인기가 없지. 씨발."

빌어먹을 배불때기 자위대는 군인이 아니라 공무원이다.

3년을 사귄 여자 친구도 정말 멋진 '진짜' 군인을 만났다며 한국 남자에게 날아갔다. 알고 보니 그 한국 남자는 말년 휴가를 나온 병장이었다.

자신은 한국으로 따지면 소령에 해당하는 어엿한 자위대

의 영관급 장교다. 영관급 장교가 하사관만도 못한 대우를 받는다.

일본 여성에게 자위대원은 인기가 없다. 경찰이 자위대 탱크에 교통 위반 딱지를 떼는 나라가 일본이니 그럴 만도 하다.

그래서 10년째 일본 여성이 가장 싫어하는 신랑감 일위가 자위대원이다.

"삼등육좌님, 이젠 어떻게 합니까?"

"……"

갑자기 부하들이 불쌍해 졌다.

주둔지 시즈오카현 고텐바 시를 떠나 황거에 도착한지 5시간이 지났다. 그 다섯 시간 동안 그가 이끄는 12대의 74식 탱크들은 황거의 성벽과 해자에 의지해 황거를 지켜냈다.

이제 남은 포탄은 없다.

"테켈리—리! 테켈리—리! 테켈리—리!"

"테켈리—리! 테켈리—리! 테켈리—리!"

괴물들이 해자위에 놓인 다리로 몰려왔다.

이제 황거와 괴물 사이를 막아주는 것은 바리케이트 대용으로 다리를 막아 둔 94식 장륜 장갑차 4대가 전부였다.

까드드득!

까득!

괴물들이 94식 장륜 장갑차를 뒤덮자 개가 뼈를 갉는 듯한 불쾌한 소리가 났다.

"폭파시켜! 폭파시켜!"

코스케 삼등육좌는 명령을 내렸다.

부하가 힘차게 끈을 잡아당겼다. 끈의 끝에는 94식 장륜 장갑차의 연료 탱크에 매달아 놓은 수류탄의 안전핀이 있었다.

꽝!

쫘과광!

폭음의 크기에 비해 폭발은 그다지 크지 않았다.

대신 94식 장륜 장갑차는 검은 연기를 내뿜는 불덩어리로 변했다.

"소용없습니다. 불길을 타고 넘습니다."

부하가 절규했다.

궁내성 직원의 말을 무시하고 해자의 다리를 폭파시켰어야 했다. 그랬다면 시간을 더 벌 수 있었다. 후회해 보지만 이미 지나간 버스에 손 흔들기다.

코스케 삼등육좌의 머리에 어떤 단어가 떠올랐다.

'옥쇄(玉碎).'

옥쇄는 옥구슬이 아름답게 부서진다는 의미다. 아시아를 침략했던 일본군은 항복 대신 목숨으로 천황에게 충성을 바치는 행위를 옥쇄라 부르며 미화했다.

'웃겨, 지금 시대가 어느 땐데…….'

코스케 삼등육좌는 마지막 명령을 내렸다.

"후퇴! 후퇴! 각 중대별로 자유롭게 도망쳐!"

*　　*　　*

황거 정문이 훤히 내려다보이는 천수각의 지붕에 일단의 검은 옷을 입은 사람들이 서 있었다.

그들이 입은 옷은 중세의 갑옷을 닮았고 손에는 역시 중세 기사들이 사용했음직한 마상창이 들려 있었다.

"도와줄까요? 자위대 치고는 잘 싸우던데."

"그럴 필요 있겠어? 도망 잘 가는구만."

탱크들이 도망치자 쇼거스들이 황거로 난입했고 눈에 보이는 모든 것을 박살 내기 시작했다.

"그래, 힘내. 완전히 가루로 만들겠다는 의지를 보여줘."

박종석은 쇼거스를 응원했다.

김현철도 맞장구쳤다.

"오늘따라 쇼거스가 예쁘게 보이네요. 그러고 보니 귀여운 구석도 있어요. 그 구호도 그렇고."

"아서라. 꿈에 나타날까 무섭다."

“그래도 완전체 쇼거스는 오줌을 저리게 만들지는 않잖아
요. 중간체를 처음 봤을 때 정말 오줌 쌀 뻔했다구요.”
“중간체 쇼거스는 현실과 비현실의 중간단계라 그렇지.”
박종석은 우나―민에게 들은 지식을 늘어놓으며 아는 체
를 했다.
“이제 뭘 하죠?”
“몰라서 물어? 중요 시설은 나두고 주택가를 돌면서 쇼거
스를 소탕해야지.”
불쌍해서 도와주긴 하지만 이왕이면 일본이 극심한 타격
을 받아야 한다 생각은 동범을 비롯한 보안팀 전체의 일치된
의견이었다.
“알겠습니다. 모두 들었지?”
김현철은 뒤에 서 있던 쿠스토스들에게 물었다.
그러자 쿠스토스들이 차렷 자세를 취하며 크게 복창했다.
“들었습니다!”
“그래, 복창 좋다. 오늘 저녁은 특별히 고기 잔치다, 고기
잔치! 열심히 잡아라!”
“우아아아아아~!”
함성과 함께 쿠스토스들이 천수각을 뛰어내려 삼삼오오
팀을 짜 흩어졌다.

*   *   *

만화 서클 부원인 16살의 여고생 미치코는 괴물을 직접 보고 만화로 그리고 싶다는 생각을 실천에 옮기기로 했다.

그리고 같은 생각을 하고 있던 친구 두 명과 괴물 탐사에 나서기로 했다.

철없는 여고생의 치기 어린 행동의 대가는 참혹했다. 약속 장소로 정한 학교에 도착한 미치코는 괴물이 친구들을 한입에 삼켜버리는 장면을 목격했다.

미치코가 선택할 수 있는 행동은 오직 한 가지, 도주뿐이었다.

괴물은 슬라임을 닮은 외모답지 않게 빠르고 강했다.

골목으로 들어가면 담벼락을 무너뜨렸고 주인 잃은 빈 가게로 들어가면 건물이 무너졌다.

결국 미치코는 막다른 골목에 몰렸다.

희망이 보이지 않았다.

괴물에게서 등을 돌리고 땅바닥에 털썩 주저앉은 미치코는 지금 할 수 있는 한 가지 일을 하기로 했다.

"엉, 엉, 엄마, 엄마, 살려줘."

괴물이 꿈틀거리며 이제는 일본인이라면 모르는 사람이 없는 구호를 외치며 다가왔다.

“테켈리—리! 테켈리—리! 테켈리—리!”

죽음의 그늘이 덮쳐 오고 있었다.

미치코는 눈을 질끈 감고 제발 아프지 않았으면 좋겠다고
는 생각을 했다.

“…….”

약간의 시간이 흘렀다.

미치코는 손으로 몸을 쓰다듬었다. 그것도 모자라 꼬집어
도 보았다.

아팠다. 아직 죽지 않은 것이 분명했다. 미치코는 살며시
눈을 떴다.

퍽!

학교 축제 때 던지던 물 풍선이 터지는 소리가 났다. 그리
고 축축하고 끈적거리는 무언가가 몸을 덮쳤다.

“아푸푸푸푸.”

미치코는 입으로 들어간 끈적끈적한 것들을 걷어냈다.

“괜찮아요?”

외국인 억양이 강한 일본어가 들렸다.

미치코는 뒤를 돌아보았다.

“……?!”

태양을 등지고 검은 갑옷을 입은 남자가 창을 들고 서 있었
다. 남자는 헬멧을 벗었다. 헬멧에 감춰져 있던 긴 금빛 머리

카락이 햇빛에 눈부시게 반짝거렸다.

남자가 하얀 이를 드러내며 웃었다.

그 순간 미치코는 사랑에 빠졌다.

3D보다 2D를 사랑하는 그녀다.

"아~"

남자는 순정만화의 남주인공을 꼭 빼닮았다.

'아냐.'

미치코는 자신의 생각을 부정했다. 남자는 순정만화의 주인공보다 100배는 더 완벽한 외모의 소유자였다.

"레이디, 다친곳은 없습니까?"

"괜찮아요."

"이곳은 괴물들이 특히 많아 위험합니다. 집까지 모셔다 드리겠습니다."

남자가 포근한 미소를 지으며 손을 내밀었다.

미치코는 두근거리는 마음을 진정시키며 남자의 손을 잡았다.

갑옷의 남자는 미치코를 안전하게 집까지 데려다 주었다.

"이름을 여쭤 봐도 될까요? 기… 기사님."

"하하, 전 아직 기사가 아닙니다. 제 이름은 카라치—론, 전 일개 쿠스토스일 뿐입니다."

"카라치—론, 울림이 멋지네요. 좋은 이름 같아요."

"레이디의 이름을 물어봐도 좋겠습니까?"

"전 미치코 라고 해요. 미치코 다이스케."

"아름다운 레이디에 걸맞은 좋은 이름입니다. 이제 집으로 들어가셔서 꼭꼭 숨어계십시오. 괴물들은 제가 무찌를 겁니다."

"감사합니다, 감사합니다."

미치코가 몇 번이고 인사를 하며 집으로 들어갔다.

쿠스토스의 수장 카라치―론은 오늘도 한 건 했다는 생각에 기분이 좋았다.

"역시 책은 옳아! 무척 좋아하는걸."

일본어를 익히기 위해 책을 많이 읽어둔 경험이 무척 도움이 됐다. 책 속에 나온 대사만을 사용하면 여자들은 몸을 배배꼬며 어쩔 줄 몰라 했다.

그때 좋은 기분을 망치는 소리가 들렸다.

카라치―론을 비롯한 쿠스토스들에게는 사신과 같은 박종석의 목소리다.

"아주 드라마를 찍어라."

"병장! 카라치."

목소리를 들은 카라치―론이 본능적으로 차렷 자세를 하고 복창했다.

"그런 닭살 돋는 멘트는 어디서 배웠냐?"

“일본어 심화 과정 중 읽은 책에 나왔습니다.”

“제목이 뭐였는데 그런 달달한 대사가 튀어 나와?”

“안녕 언젠가, 우리 다시 만나서, 육체의 바다, 삶이 그대를 등등입니다.”

카라치 론의 대답을 들은 박종석은 크게 한숨을 쉬었다. 책 제목과 대사만 가지고도 그 책들이 어떤 책인지 알 수 있었다.

“돌겠다. 누가 줬어?”

“김현철 기사님이 주셨습니다. 꼭 필요하다고 말씀하셨습니다.”

김현철이 일본어 교재랍시고 알려준 책들은 모조리 여자들이 즐겨 읽는 로맨스 소설들이었다.

“됐다, 됐어. 이쪽 쇼거스는 모두 처리했다. 애들 데리고 N 지점으로 이동해라.”

“충성!”

카라치―론이 사라지자 박종석은 다시 한숨을 쉬었다.

“안 그래도 잘생긴 애들인데 저런 버터 바른 대사를 읊어대면……. 휴~ 나도 모르겠다. 론, 저자식만 그 책들을 읽었길 바랄밖에.”

박종석의 걱정은 기우가 아니었다.

김현철이 준 책을 읽은 쿠스토스는 카라치―론 뿐만이 아니라 전원이었다.

200명의 쿠스토스는 인간을 아득히 뛰어넘는 재능과 파워 큐티클 그리고 랜스를 사용해 쇼거스를 도륙했다.

그리고 그 과정에서 심대한 후유증을 남겼다.

"쿠스토스라는 단체 소속이라며?"

"인간이 아니야. 꼭 신의 사자들 같아."

"금발머리 하며……. 훤칠한 키."

"얼굴은 어떻고. 아~ 한 번만 안겨봤으면 소원이 없겠다."

"나도 나도……."

일본 여성들은 정보 교환을 통해 쿠스토스의 조직원들이 월등한 외모를 가진 멋진 남자들이란 사실을 깨달았다.

사실이 확인되자 일본인 특유의 오타쿠 기질이 발휘되었다.

온갖 종류의 팬픽이 양산되었고 만화가 그려졌다.

*   *   *

일본 정부는 쿠스토스란 조직을 인지하고 있었다.

"역시 미국입니다."

히로 수상은 오랜만에 어깨를 펴고 말했다.

단 보름 만에 지상의 모든 괴물들이 소멸했다.

금액으로 환산이 불가능할 정도의 피해를 입었지만 어쨌든 재난은 물러갔다. 그리고 일본은 지진과 해일 등의 교훈으로 재난 극복에 노하우가 있는 나라였다.

이 모든 일이 모두 쿠스토스 덕분이었다.

"수상님의 선택은 옳은 것이었습니다. 만일 오바마 대통령의 제안을 거부했다고 생각하면……. 생각만 해도 끔찍합니다."

관방장관이 덕담이 이어졌다.

"관방장관의 조언 때문이지요."

히로 수상도 질세라 덕담을 늘어놓았다.

"수상님의 혜안이 아니었다면 일본은 없었을 겁니다. 수상님은 역사에 도요토미 히데요시 공이나 도쿠가와 이에야스 공, 오다 노부나가 공처럼 길이길이 칭송될 것입니다."

"하하하하하, 그… 그런가요?"

수상과 관방장관 두 사람만 괴물 퇴치의 과실을 담뿍 따먹고 있는 모습을 못마땅하게 보던 외무성 장관이 딴죽을 걸었다.

"미국은 쿠스토스의 존재를 부인하고 있습니다. 혹시 다른 세력이 있을지도 모릅니다."

외무장관과 앙숙관계인 관방장관이 인상을 찌푸렸다.

"그럼 미국이 그런 극비조직의 존재를 인정할 거라 믿었습니까?"

"그래도 그들의 무장이 너무 특이해서……."

"허~ 답답한 하시네요. 스텔스기 아시죠? 처음 스텔스기가 등장했을 때 다리미 같이 생긴 그런 비행기가 하늘을 날 수 없다고들 했지요. 하지만 결과는 어땠습니까? 신기술은 원래 그런 겁니다."

"아무리 그래도……."

외무장관은 끝내 미련을 못 버린 눈치였다.

그러자 히로 수상이 나섰다.

"미국은 원래 그런 나라입니다. 부정도 긍정도 하지 않는다. 세상천지가 다 알고 있는 핵무기만 해도 그렇잖습니까. 아무래도 그동안 격무에 심신이 허하신 것 같습니다. 이번 참에 몸도 추스르시고 손주들 재롱도 보십시오."

대놓고 외무장관 자리에서 물러나란 소리다.

"알겠습니다. 물러나겠습니다. 하지만 오늘의 결정을 후회할 겁니다."

"후회할 일 없습니다."

히로 수상은 단호하게 말하고 외무장관을 외면했다.

관방장관은 한발 더 나갔다.

“외무장관은 자신이 꽤나 대단한 사람인줄 아나 봅니다. 계파 안배와 연공순서가 아니었으면 당신 같은 사람이 장관 될 턱이 없지요.”

“이… 이…….”

외무장관이 뒷목을 잡았다. 혈압이 올라 쓰러지기 일보직 전이다.

하지만 그는 쓰러질 수도 없었다.

회의실 문이 열리고 후생성 장관이 허겁지겁 들어왔다. 세 사람은 후생성 장관의 표정에서 어떤 불길함을 읽었다.

그리고 그들의 예감은 정확히 적중했다.

제54장

불타는 큐슈

NOMEN
노먼

　큐슈는 일본을 이루는 큰 섬 4개중 최남단에 있으면서 한
반도에서 가장 가까운 섬이다.

　한반도와 해양세력에 인접한 지리적인 특성 때문에 큐슈
는 일본 최초의 벼농사와 청동기, 철기가 사용된 야요이 문화
가 꽃피운 지역이기도 하다.

　큐슈를 대표하는 지역은 역시 나가사키다.

　나가사키는 일본이 서양으로부터 문물을 받아들이고 근대
화의 자금 역할을 했던 도자기를 수출하던 항구였다.

최초의 사망자는 62살의 하야시 노부야키였다.

평범한 공무원이었던 그는 은퇴 후 취미였던 곤충채집을 시작했다. 순조롭게 이어지던 그의 취미생활은 미증유의 재난이었던 괴물의 습격으로 멈췄다.

그는 괴물이란 멧돼지나 동물원에서 탈출한 맹수를 미디어에서 확대하고 있다고 믿는 극히 현실적인 남자였다.

하지만 부인의 간곡한 만류가 그의 산행을 막았다.

어쨌든 홀연히 나타난 쿠스토스들에 의해 진압되자 하야시는 그동안 하지 못했던 곤충 채집을 계속하기로 마음먹었다.

이번에는 부인도 일본에서도 첫손으로 꼽을 만큼 고집이 세다고 정평이 나 있는 나가사키 남자 하야시의 행동을 꺾을 수는 없었다.

반대하는 부인의 뒤로하고 하야시는 나가사키를 품에 안고 있는 명산 운젠다케(雲仙岳)로 향했다.

운젠다케는 1934년 세토내해와 기리시마야쿠와 더불어 일본 최초의 국립공원으로 지정된 아름다운 지역이다.

큐슈 특유의 포근한 날씨와 습도가 적절한 조화를 이뤄 운젠다케에는 진귀한 곤충이 많았다.

자신의 이름을 딴 미확인 곤충을 찾는 것이 일생의 목표인 하야시는 해발 1100m에 위치한 주차장에 차를 세워놓고 묘

겐 신사까지 3분 정도 걸리는 케이블카에 올랐다.

케이블카에서 보는 풍경은 장관이었다.

운젠 지역의 온천과 골프장들을 굽어보며 하야시는 만족스런 표정이었다.

"이 맛이야. 오늘은 왠지 운이 좋을 것 같아."

묘겐 신사에 도착한 하야시는 편의점에서 사온 주먹밥과 우롱차로 간단한 요기를 한 다음 본격적인 곤충 탐사에 나섰다.

탐사라고 해봐야 별것은 없었다.

그저 능선을 타고 해발 1,347m의 구니미다케를 감싸고 돌면서 손에 든 지팡이로 쌓인 낙엽을 이리저리 휘젓는 것이 고작이다.

그렇게 한 시간 동안 산을 타던 하야시는 조그만 바위에 등을 기대고 휴식을 취하기로 했다.

"이상하네."

기대와 달리 새로운 곤충은커녕 기존의 흔하디흔한 곤충들의 모습도 보이지 않았다.

"후겐다케(普賢岳) 방향으로 가볼까나."

15분 정도 비탈길을 내려가자 넓은 공터와 갈림길이 나왔다. 이곳은 모미지챠야라(紅葉茶屋)라는 곳으로 하야시가 어릴 적에는 이곳에서 차를 팔곤 했다.

하야시는 이곳에서 잠시 망설였다.

오른쪽으로 가면 해발 1,359m의 후겐다케이고, 왼쪽으로 가면 운젠다케의 실질적인 주봉인 해발 1,486m의 헤이세이 신산(平成新山)이 나온다.

평소라면 하야시는 무조건 후겐다케로 향했을 것이다.

헤이세이 신산은 1990년에 분화를 해서 아직도 정상인근의 지표면 온도가 2—300도에 달해 접근할 수 없기 때문이다.

하지만 오늘의 하야시는 달랐다.

오랜만에 온 산행에다 지금까지 곤충을 발견하지 못해 처진 기분이 합해져 그는 헤이세이 신산으로 방향을 틀었다.

등산객의 통행을 경고하는 낮은 울타리를 타고 넘은 하야시는 자신의 선택을 합리화시켰다.

'나도 공무원이었지만 매사에 너무 안전제일주의야. 정 뜨거우면 돌아오면 되는 거지. 경고표지판 썩이나. 예산낭비라고 예산낭비.'

헤이세이 신산 정상으로 갈수록 여치며 귀뚜라미, 지네 등 곤충들이 보이기 시작했다.

곤충들이 모두 바짝 말라 죽어 있다는 사실은 조금 꺼림칙했지만 어쨌든 있다는 사실에 힘을 얻은 하야시는 힘차게 걸음을 옮겼다.

한참을 그렇게 산을 오르던 하야시는 지면이 더 이상 견디기 힘들 만큼 뜨거워지자 돌아가기로 마음먹었다.

“재수가 없었어. 모두 민주당 때문이야. 자민당이 정권을 가지고 있을 때는 이렇지 않았다고. 응? 저게 뭐지?”

하야시는 자신의 정치 성향을 바꿀 발견을 하고 말았다. 몇 미터 떨어진 돌무더기 사이에 살아 움직이는 곤충이 있었기 때문이다.

‘상당히 큰데? 사슴벌레나 투구벌레일까?’

하지만 이 장소는 사슴벌레나 투구벌레의 서식지로 적합하지 않다. 사슴벌레나 투구벌레는 주로 상수리나무나 졸참나무 인근 습도가 높은 곳에서 서식한다.

하야시는 곤충 채집망을 조립하고 돌무더기로 조심스럽게 다가갔다.

그리고 조심스럽게 돌무더기를 해체했다.

주먹 두 개만 한 크기의 곤충이 모습을 드러냈다.

하야시는 숙달된 솜씨로 채집망에 곤충을 집어넣었다.

이런 모습의 곤충을 한 번도 본 적이 없었다.

손이 떨리기 시작했다.

어쩌면 이 곤충은 자신이 최초로 발견한 것일지도 모른다는 생각이 들었다.

“머리와 가슴, 배로 이뤄진 몸. 전체적으로 주황색에 약간의 검은 반점. 두 쌍의 더듬이와 4쌍의 다리. 폭탄먼지벌레와 닮았는데?"

폭탄먼지벌레라면 위험하다.

하야시는 곤충에서 몇 발자국 떨어졌다.

딱정벌레의 일종인 폭탄먼지벌레는 공격을 받으면 항문으로 큰 소리를 내면서 일종의 독가스를 내뿜는다.

이 독가스는 폭탄먼지벌레의 복부 저장실에 있던 하이드로퀴논과 과산화수소 혼합물이 수축에 의해 카탈라아제나 페록시다아제 등의 효소가 있는 반응실로 옮겨지면서 폭발적으로 반응해 벤조퀴논이 발생해 분출하는 것이다.

벤조퀴논은 공기 중의 산소와 결합하면서 독가스를 만들어 낸다. 이 독가스는 지독한 냄새를 풍기기도 하지만 사람의 손에 닿으면 화상을 입힐 정도로 고열까지 동반한다.

가히 살아 있는 화학무기라 할 수 있는 것이다.

안전을 우선시하는 하야시는 채집망으로부터 멀찌감치 떨어져 지팡이로 곤충의 엉덩이를 콕콕 찔렀다.

"생긴 것은 비슷하지만 폭탄먼지벌레는 아냐. 폭탄먼지벌레는 길이가 1센티에서 2센티에 불과하다구. 하지만 이놈은 거의 13센티에 육박해. 무엇보다 이놈은 독가스를 분출하지 않아."

그렇다면 안심하고 채집할 수 있다.

게다가 신종인 것 같으니 학계에 보고하면 이 곤충의 학명은 하야시를 따서 지어질 것이다.

하야시는 채집통을 들고 곤충에게 다가갔다.

"응?"

그가 곤충을 잡을 때는 분명히 한 마리뿐이었다. 그런데 채집망 옆에 또 한 마리의 곤충이 있었다.

'두 마리라서 나쁠 것은 없지. 안 그래?

하야시는 채집망을 잡아가던 손을 멈췄다.

그새 곤충이 늘었다.

이번에 늘어난 곤충은 한 마리가 아니었다. 갑자기 수십 마리의 곤충이 나타났다. 그리고 한순간 그 숫자는 다시 수백 마리로 늘어났다.

"……."

불길한 생각이 든 하야시는 천천히 뒷걸음질쳤다.

이제 곤충의 숫자는 지면을 빼곡히 채울 만큼 늘어난 상태였다.

아작!

무언가를 밟았다.

하야시는 부서지는 느낌과 물컹한 느낌이 공존하는 그것이 곤충이라는 사실을 알아차렸다.

"악!"

하야시는 전신을 강타하는 고통에 무릎을 꿇었다.

고통의 원인은 발에 있었다. 발이 불타고 있었다. 정확히
말하면 자신이 밟은 곤충이 불타 발을 태우고 있었다.

하야시는 목에 감고 있던 수건으로 발의 불을 털어내려 시
도했다. 그의 시도는 수포로 돌아갔다. 아니 오히려 사태를
악화시켰다.

불길이 살아 있는 것처럼 수건을 타고 타올랐다.

하야시는 얼른 수건을 던져버렸다.

그리고 목격했다.

수십 마리의 곤충이 자신에게 엉덩이를 내밀고 있었다.

펑!

작은 폭음과 함께 곤충의 엉덩이에서 하얀 연기가 솟았다.
하얀 연기 사이로 투명한 물줄기가 수도꼭지에서 나오는 물
처럼 쏟아져 나왔다.

그리고 그 물은 곧 불기둥으로 변했다.

"히미코!"

하야시는 마지막 순간 부인의 이름을 불렀다. 박봉에 내세
울 것 없는 공무원에게 시집와 평생을 괴팍한 자신의 뒷바라
지를 하고 살았다.

하야시는 불을 뒤집어쓰고 나뒹굴었다.

뼈와 살이 염산을 뒤집어 쓴 것처럼 지글거리며 녹아내렸
다.

지옥의 고통 속에서 하야시는 자신이 들어놓은 생명보험이 곤충 때문에 타죽은 경우에라도 사랑하는 히미코에게 지불되기를 간절히 기도했다.

그리고 불과 몇 분 후 하야시가 있었던 장소에는 아무것도 남지 않았다.

대신 1990년 이후 분화를 멈췄던 헤이세이 신산이 분화를 시작했다.

꽈르릉!

꽈광!

헤이세이 신산의 분화는 기존의 분화와 달랐다.

이번 분화에서 헤이세이 신산이 사방 수십 킬로미터 지역에 떨어뜨린 것은 용암이나 화산탄, 토사 따위가 아니었다.

분화에 놀라 밖으로 나온 사람들은 화산암 대신 길과 집의 지붕을 뒤덮고 있는 곤충을 발견했다.

천천히 움직이면서 인간에게 엉덩이를 내미는 곤충은 손바닥만 한 크기에 노란색 바탕에 검은 무늬가 특징적이었다.

*　　　*　　　*

　큐슈가 엉덩이에 화염방사기를 단 곤충에 의해 불타올랐다.

　일본 정부는 이 곤충의 이름을 일본 신화 속의 불의 신의 이름을 따 카구츠찌(迦具土神)라 명명하고 대책마련에 나섰다.

　하지만 대책이 신통치 않았다.

　카구츠찌는 낮에는 땅속에 숨었고 밤이면 지상으로 올라와 방화를 저질렀다. 사람들은 신체와 재산을 보호하기 위해 집에 물을 뿌리고 젖은 이불을 둘렀다.

　그렇지만 이런 발버둥이 아무런 효과가 없다는 사실이 드러나는 데는 그리 오랜 시간이 걸리지 않았다.

　카구츠찌의 항문에서 나오는 액체는 물과 매우 친했고 물은 오히려 불을 번지게 하는 연료 역할을 했다.

　물을 부으면 더 타오르니 소방차도 무용지물이 되었다.

　불이 나 이불을 덮어도 효과가 없었다. 불은 지옥에서 오기라도 한 것처럼 산소가 없어도 타올랐다.

　결국 사람들은 불이 침범하지 못하는 콘크리트 건물에 스스로를 감금하고 문을 틀어막았다.

　일본 정부도 괴물에 의한 피해복구는 뒷전으로 밀어놓은 채 큐슈 주민들을 본토로 이송하고 고립된 주민들에게 항공편으로 물과 식량을 공급했다.

그렇게 큐슈는 단숨에 카구츠찌에게 점령당했다.

더불어 일본도 점점 헤어 나올 수 없는 나락으로 빠져들고 있었다.

*　　　*　　　*

오랜만에 한국으로 돌아온 동범은 큐슈 사건을 듣고 치를 떨고 있었다.

"할 일이 너무 많아 돌아가시기 직전이라고. 언제까지 일본 뒤치다꺼리를 해야 하는 거야."

"일본 산업이 마비 상태에 이른 덕분에 한국 경제는 역사상 최대의 활황기를 맞고 있어."

"나 좋을 일은 없어. 청와대의 그 양반이나 좋아하겠지. 하여튼 그 사람은 천운을 타고 났나봐. 돈만 보고 달리는 데도 주변에서 알아서 도와주잖아."

"모른 척할 거야?"

"정말 모른 척하고 싶다. 하지만 그럴 수 없다는 걸 잘 알잖아."

"그래야 형이지."

"울루마누시아 재상은 확실히 죽었지?"

"응, 확실해."

"그럼 큐슈 일은 누가 저지른 거야?"

"울루마누시아 재상이 죽기 얼마 전 오야마 산에서 전화를 걸었어. 통화 내용은 블랙 노멘의 방해로 알아낼 수 없었지만 전화를 건 지역을 특정할 수는 있었지."

"그곳이 나가사키였다란 말이지?"

"맞아. 정확히는 나가사키시의 이시바시 역 부근 주택가였어."

"너 혹시 무식하게 그 동네 사람들을 모조리 뒷조사한 거야?"

"무식해서 미안해. 보고는 이만할게."

"크크크크, 미안미안. 게임 용어에 노가다 이기는 장사는 없다는 말이 있어. 갑자기 그 말이 생각나서."

"정확히는 노가다가 아니라 정보의 취합 분석 종합이라고 말해줘."

"알았어, 계속해."

"용의 선상에 오른 사람은 모두 4,365명이었어. 난 10세 미만의 아이를 뺀 모든 사람에 대해 기초 조사를 실시했어. 그리고 다시 124명을 추려냈지."

"아마 넌 124명을 도청했을 테고."

"도청이 아니라 감청."

동범은 웃었다.

노멘이 이런저런 숫자를 늘어놓고 설명이 길어질 때는 이미 답을 찾은 상태다.

"이름은?"

"옌스 스톨벤베르크. 노르웨이 국적이고 용병이야."

모니터에 금발의 강인해 보이는 중년 백인의 모습이 떠올랐다. 잘생긴 얼굴이었지만 턱에서 시작해 귀까지 그어진 칼자국이 인상을 섬뜩하게 만들고 있었다.

"그리고 스쿨드의 일원이겠지."

"맞아. 옌스 스톨벤베르크를 찾음으로서 그와 관련된 인물을 탐색할 수 있었어. 그리고 기대 이상의 성과를 거뒀지."

"너 지금 스쿨드 조직원이 아니라 조직 자체를 찾아냈다고 말하는 거야?"

"맞아. 지금 이 순간에도 스쿨드의 조직도가 조금씩 확실해지고 있어."

동범은 카메라를 향해 엄지손가락을 치켜세웠다.

"니가 짱이다. 왕 먹어라."

"왕은 형이지. 난 그저 형의 동생, 아니, 아들이면 족해."

"족보가 무자비하게 꼬이는구나. 크크크크."

"어쨌든 나가사키에 가서 옌스란 놈을 잡아야 한단 말이군."

"그리고 카쿠츠찌도!"

동범은 박종석과 김현철을 불렀다.

"쿠스토스들은 뭐하고 있습니까?"

"관광버스 8대로 관광중입니다."

"적응은 잘합니까?"

"말도 마십시오. 적응 정도가 아니라 현철이 때문에 그런
마가린을 줄줄 흘리고 다녀 죽겠습니다."

"마가린이라니요?"

"여자만 보면 꾀느라 여념이 없어 드리는 말씀입니다.
읍!"

김현철이 박종석의 입을 막고 나섰다.

"큼, 큼, 그런 일이 있습니다. 별일 아닙니다. 그런데 무슨
일로 부르셨습니까?"

그는 무척 당황하며 말꼬리를 돌렸다.

동범은 박종석을 바라보았다.

박종석이 웃고 있었다.

심각한 일은 아니란 의미다.

이럴 때는 더 이상 묻지 않는 것이 좋다. 모른 척하는 것도
지도자의 덕목이다.

고개를 끄덕인 동범은 단도직입적으로 말했다.

"곤충채집 좀 하시죠."

“큐슈 말씀이시군요.”

“본체 쇼거스야 랜스가 필요하겠지만 벌레들은 스매쉬로 쓸어버리면 간단할 겁니다.”

“전부 가야겠습니다. 벌레가 한두 마리도 아니니 인원을 많으면 많을수록 좋겠지요.”

“편할 대로 하십시오. 그리고 가시는 길에 한 명만 데려오십시오.”

“누굽니까?”

동범은 모니터를 가리켰다.

“하얀 나이프, 옌스군요. 살아 있었네요.”

놀랍게도 박종석은 옌스를 알고 있었다.

“성은 모르지만 이름은 옌스, 북유럽 출신, 나이프의 천재, 18세의 나이로 노르웨이의 특수부대 예거에 입대, 3년 후 팀원 6명을 나이프로 잔인하게 죽이고 탈영, 그가 다음으로 나타난 장소는 콩고였죠. 콩고 내전에 참여한 그는 하얀 나이프 옌스로 불리며 악명을 떨쳤습니다. 실제로 본 적은 없지만 나이프 자국으로 알아봤습니다.”

박종석은 그린베레와 합동훈련 당시 옌스에 대해 들었다고 덧붙였다.

“한번 붙어보고 싶군요.”

김현철이 나섰다.

　김현철도 나이프 하면 둘째가라면 서러운 실력자다. 호승심이 생기는 것도 당연하다.

　"파워큐티클을 입고서? 쪽팔리지도 않냐?"

　"단장님도……. 제 실력 아시면서 그러십니까."

　"난 모른다. 들은 적도 없다."

　김현철의 항의를 박종석은 단칼에 무시했다. 그리고 동범에게 말했다.

　"오늘 준비하면 내일 떠날 수 있습니다."

　"노멘이 서류는 처리해 드릴 겁니다. 그리고 저는 이번에는 못갈 것 같습니다."

　"아～ 자이언트 때문이군요?"

　"그렇습니다."

　"걱정 마십시오. 큐슈는 저희가 알아서 하겠습니다, 왕자님."

　"부탁합니다."

　박종석과 김현철이 떠나자 동범은 공장으로가 안상준을 만났다. 동범이 자리를 비운 동안 안상준은 실질적인 노멘 인더스트리의 관리자 역할을 수행하고 있었다.

　동범을 본 안상준이 한달음에 달려와 인사를 했다.

　"어서 오십시오, 왕자님."

　동범은 놀라 손을 흔들었다.

"다른 직원들 있을 때는 왕자님이라고 부르지 않았으면 좋겠습니다."

열심히 일에 몰두하고 있던 직원들이 느닷없는 왕자라는 소리에 두 사람을 보고 있었다.

그 모습을 본 안상준이 반쯤 사색이 되어 급히 고개를 숙였다.

"죄송합니다. 다시는 이런 일이 없을 겁니다, 소장님."

그러자 오히려 무안해진 것은 동범이다.

"자이언트 상황을 보러 왔습니다."

"노멘이 건네준 설계도를 바탕으로 제작에 박차를 가하고 있습니다. 전체적인 진척도는 10퍼센트라고 보시면 됩니다."

안상준은 동범을 공장 한편의 엘리베이터로 안내했다.

사람과 화물을 동시에 나를 수 있는 거대한 엘리베이터는 지하 200m에 건설된 비밀 공장으로 가는 유일한 통로였다.

엘리베이터 문이 열리자 공장이 모습을 드러냈다.

천정까지 높이는 50m 정도고 가로와 세로의 길이는 300m에 달하는 거대한 공간이다.

'어째 난 노멘을 만나고 나서 지하로만 다니는 것 같아.'

이 기지가 그랬고, 회령의 광산도 그랬다. 라―쥬도 지하

공간이었고 아타우알파 황제의 피라미드와 무덤도 지하에 있었다.

공장의 중심에는 철골로 만든 구조물이 우뚝 서 있었다.

철골 구조물에는 건물을 건설할 때 사용하는 발판이 어지럽게 붙어 있는 모습이 보였다.

"대부분의 부품은 지상에서 만듭니다. 아무리 환경을 좋게 해줘도 기술자들이 지하란 공간을 그리 탐탁하게 여기지 않더군요."

발판 위에 나이가 지긋한 기술자들의 모습이 보였다. 그들은 지상에서 만들어진 부품을 크레인으로 끌어올려 무언가를 조립하고 있었다.

"최고의 대우를 해주세요. 원하는 것은 무엇이든 들어주시구요. 여기가 외부에 알려지면 피차 피곤해집니다."

"최선을 다하고 있습니다."

동범은 구조물로 더 다가갔다.

그곳에는 마치 로봇 프라모델의 뼈대처럼 보이는 미스릴 부품들이 서로 얽히고 설켜 인간의 형체를 갖춰가고 있었다.

이것의 이름은 동범의 형편없는 작명 실력의 영향을 받아 '자이언트'라고 불렸다.

　그래도 촌스러운 이름과 달리 자이언트는 인류의 생존을 지속가능하게 만들 유일한 힘이었다.

　그리고 동범이 마음먹기에 따라 지구를 정복할 수 있는 힘이기도 했다.

제55장
자
이
언
트

NOMEN
노멘

드림랜드 최종전쟁을 보고 난 후 동범을 매혹시킨 것은 정작 악의 화신처럼 보이는 크툴루가 아니라 거대로봇을 닮은 철 인형이었다.

지하 비밀기지, 거대로봇.

이 두 가지는 누가 뭐래도 남자의 로망이다.

동범은 두 가지 중 지하 비밀기지를 가지고 있으니 남은 것은 거대 로봇뿐이다. 게다가 동범은 기술과 자금을 모두 가지고 있다.

그러니 동범이 수영장이 열리면서 로봇이 날아가는 모습

을 현실화시키기로 결심한 것도 무리는 아니다.

　동범은 페이와 안드레 박사, 우나—민, 노멘에게 쥬나—라이오—민이 보여준 영상을 설명했다.

　"전장은 30m 정도 되어 보였습니다. 어릴 적 보던 태권V를 연상하시면 되겠네요."

　"……."

　"……."

　"……."

　"검색 완료. 와, 로봇이 태권도를 하네."

　한국인이 아닌 페이와 안드레 박사는 태권V란 존재 자체를 몰랐다. 라—쥬에서 낳고 자란 우나—민도 마찬가지였다.

　노멘만 재빠르게 검색을 완료하고 탄성을 질렀다.

　"그런데 물리학적으로 말이 안 되는 것 같아."

　"그야 만화니까."

　노멘이 태권V 애니메이션을 플레이하고서야 다른 사람들은 동범이 말하는 것이 거대로봇이란 사실을 깨달았다.

　"말도 안돼요. 태권V의 전장은 인간과의 비례로 보았을 때 약 20m 정도로 계산할 수 있어요. 재질을 가장 흔하게 사용되는 금속인 강철로 가정한다면 내부 빈 공간을 고려했을 때 중량이 300톤을 가볍게 초과한다는 이야기죠. 이런 놈이 태권도를 한다구요? 1단 관절이라면 몰라도 인간의 신체를 흉내 낼 수 있는 구체 관절이나 유니버설 조인트는 절대로 그 충격을 버틸 수 없어요."

부정적인 의견을 내놓은 이는 페이뿐만이 아니었다.

안드레 박사도 고개를 저었다.

"주변 배경과 움직임으로 봤을 때 걷는 속도는 시속 60㎞, 달리기 속도는 약 350㎞로 보여지네. 거의 초속 100m란 이야기지. 보폭으로 계산했을 때 조종사는 1초에 5번이나 2m씩 상하운동을 당하네. 거인이 인간을 잡고 1초에 5번씩 상하 2m로 흔드는 셈이지. 파워큐티클을 입고 급 기동에 버티는 자네라지만 버틸 수 있는 충격이 아니네."

기다렸다는 듯 페이도 덧붙였다.

"점프라도 하게 된다면 어떻게 될 것 같아요? 태권V가 키만큼 점프한다고 가정하죠. 로봇 자체야 그렇다 쳐도 안에 탄 인간은 조종석에 앉은 채 시속 70㎞로 충돌하는 셈이라구요. 그뿐이 아니죠. 그 상태로 전투를 벌여야 해요."

한참 동안 동범의 무모함을 지적하던 두 사람은 자신들이 가진 지식을 총동원해 결론을 내렸다.

"절대 불가능해요. 차라리 인공지능이나 무선조종이 더 가능할지 몰라요. 하지만 문제가 끝나는 것은 아니에요."

"당연하지, 재료야 미스릴을 사용한다 쳐도 동력은 어떻게 할 건가. 마나란 이야기는 하지 말게. 미스릴 근육이 두 배로 늘어날 때 마나의 소모는 4제곱으로 늘어나네. 온몸에 마나 카트리지를 둘둘 말고 굼벵이처럼 움직일 것이네.”

페이와 안드레 박사의 말은 매우 일리 있었고 논리 정연했다.

동범도 자신의 주장을 더 이상 내세우지 못할 정도였다.

이제 동범이 믿을 사람은 노멘뿐이었다.

“노멘, 네 생각은 어때?”

“나도 두 박사님과 같은 생각이야. 어찌어찌 만들 수는 있을 것 같아. 하지만 그것을 조종하는 일은 전혀 다른 차원의 문제야. 인간이 탈 수 없다면 인공지능을 이용해야 하는데, 나를 예로 들게. 내가 거대로봇에 탑재되어 있다고 가정했을 때 상각과 행동을 일치시키기 위해서는 엄청난 연산이 필요해.”

“넌 가능하잖아.”

“당연하지, 하지만 행동을 가능케 하는 시스템과 기구의 구성은 전혀 다른 문제야. 인간은 아직 잠자리의 날갯짓조차 흉내 낼 수 없어. 아무리 나라고 해도 없는 기술을 현실화시킬 수는 없다는 이야기야.”

노멘의 대답으로 거대 로봇의 꿈이 사라졌다.

동범은 마지막 미련을 담아 말했다.

“그래도……. 그것은 인간같이 움직였어, 움직였다고. 뭐

랄까? 맞아! 물리력을 초월한, 무언가가 느껴졌다고."

그때였다.

지금까지 반대만 하던 페이가 뜻밖의 말을 꺼냈다.

"가능성이 전혀 없는 것은 아니에요. 접근 방법을 바꾸면 됩니다."

안드레 박사도 거대 로봇에 대한 로망이 없는 것은 아니었는지 얼른 물었다.

"무슨 방법인데 그러나?"

페이는 잠자코 대화를 듣고 있던 우나―민에게 물었다.

우나―민은 로봇의 개념을 이해하지 못하고 있는 듯 대화에 끼어들지 못하고 있었다.

"우나 언니, 동범 씨가 말하는 로봇은 드림랜드에 있었다는 골렘과 같은 것이에요."

"아~ 그렇구나. 이제 이해했어."

"골렘도 사람이 탑승하는 경우가 있나요?"

"맞아, 페이."

"그렇다면 골렘의 조종석은 어떻게 구성되어 있죠?"

"일종의 다차원공간이야. 같은 공간을 점유하지만 전혀 다른 공간이지."

우나―민은 다차원 공간의 원리에 대해 설명해주었다.

마나는 기본적으로 마(Ma)와 나(Na)로 이루어진 입자(粒

子)다.

여기서 ‘마’는 물질과 물질이 간섭하게 하는 힘이고 ‘나’는 물질과 물질이 결합하게 하는 힘이다.

“‘마’는 한 장소에 두 개의 물질이 공존하지 못하게 하고 ‘나’는 한 장소에 두 개의 물질이 동시에 작용하게 해요. 다시 말해서 ‘마’와 ‘나’는 같은 시공간에 공존할 수 없다는 의미죠.”

우나―민은 손으로 테이블을 내려쳤다.

“이 손이 책상을 통과하지 못하는 것은 ‘마’의 작용이에요.”

그리고 손을 허공에 흔들었다.

“손이 공간을 점하는 것은 ‘나’의 작용이죠. 이 말을 거꾸로 생각해 보면 ‘마’와 ‘나’는 동시에 같은 공간을 점유할 수 없다는 의미가 되요. 손이 책상을 통과한다고 말하면서 그렇지 않다고 동시에 말할 수는 없는 법이니까요.”

하지만 ‘마’와 ‘나’가 공존할 수 있는 예외의 경우가 존재했다.

“만일 제가 책상을 치운다면 어떻게 될까요?”

“그야, 당연히 손이 공간을 통과하겠죠.”

“맞아요. 다시 생각을 확장해 보죠. 마와 나의 세상에서 공간은 아날로그 곡선을 그리지 않아요. 오히려 있다 없다의 개념, 즉 인간들이 개발한 컴퓨터의 디지털 개념인 0과 1과 같아요. 여기서 주의할 점은 공간이 그렇다는 말이에요. 시간을 당연히 아날로그 곡선을 그리죠.”

동범은 비로소 우나-민이 하고자 하는 말의 의미를 깨달았다.

“물체가 존재하는 방식이 마치 영화 필름과 같다는 말씀이시군요. 프레임 사이에 전혀 다른 정보를 집어넣을 수 있다. 그렇다면…….”

동범의 말은 받은 사람은 페이였다.

“같은 시간, 같은 공간에 두 개의 물질이 공존할 수 있다.”

그리고 안드레 박사가 결론을 맺었다.

“다시 말해 거대 로봇의 조종석에 앉은 인간은 외부 물리력의 영향에서 완전히 분리될 수 있다. 엄청난 이야기군.”

우나-민은 고개를 저었다.

“두 가지 장벽이 있어요. 첫 번째는 매우 불안전하고 급격하게 변하는 공간을 완벽하게 계산하고 제어할 두뇌의 부재예요. 드림랜드에는 에고 마법이 존재했어요. 하지만 지금 에고 마법은 사라진 지 오래죠.”

동범과 페이 그리고 안드레 박사는 동시에 모니터를 바라보았다.

모니터안의 노멘이 엄지손가락을 치켜들고 있었다.

"에고 마법은 그래봤자 천재 수준. 저의 계산능력은 그 수백, 수천 배에 달해요. 방정식만 알면 전 다차원 공간을 완벽하게 제어할 수 있는 프로그램을 짤 수 있어요."

노멘은 자신만만하게 장담했다.

할 수 있는 것과 하는 것은 엄연히 출발점과 도착점이 다르다.

동범은 질문을 던졌다.

"하지만 방정식이 남아 있을지는……. 거의 모든 기록이 사라졌다면서요."

"다행히 방정식은 아리아 신녀의 도서관에도 남아 있어요."

"잘됐네요. 그럼 조종 문제는 완벽히 해결된 거죠."

아리아는 고개를 저었다.

"그렇더라도 아직 두 번째 문제가 남아요. 이 문제는 어쩌면 지금까지의 문제가 아무것도 아니게 느껴질 만큼 커요."

우나―민이 말한 두 번째 문제는 동력이었다.

"'마'와 '나'를 동시에 한 공간에 있게 만들기 위해서는 '오러'가 필요해요. 전설에 따르면 마나를 극도로 수련한 사람만이 오러를 다룰 수 있다고 하죠. 당연하게도 지금 이를 다룰 수 있는 엘프는 단 한 명도 없어요."

마나는 동범을 비롯한 보안팀도 다룰 수 있다. 아리아도 마나를 다룬다.

쿠스토스들도 기초 단계는 넘어선 상태다.

하지만 오러는 전혀 달랐다. 개념도 모르고 배울 방법도 없다.

"이젠 포기해야겠네. 기록이 없으면 달리 방법이 없잖은가."

안드레 박사가 손을 들었다.

하지만 페이는 포기하지 않았다.

"여왕님을 만나야겠어요. 오러에 대해 알고 계시는 바가 있을 거예요."

성격 급한 페이는 당장 여왕을 만나러 가겠다고 일어나 문으로 다가갔다.

"날 찾았나요?"

그때 양반은 못되는지 아인-크리스틴힐테 여왕이 아리아를 데리고 회의실로 들어왔다.

"여왕님을 뵙습니다."

"여왕님을 뵙습니다."

가벼운 인사가 끝나고 우나-민에게 대강의 사정을 들은 여왕이 웃으며 말했다.

"그래요. 오러에 대해서는 하이 엘프님들에게 들어본 적이 있어요."

반가운 소리다. 동범은 얼른 질문을 던졌다.

"오러란 무엇입니까?"

"'마'와 '나'가 공존해서 물질화하는 현상이에요. 제가 하이 엘프님들에게 듣기론 마나의 수련을 극한까지 하면 그 단계에 접어들 수 있다고 했어요."

"오러란 장치로 만들어 내는 것이 아니라 인간이 익히는 것이었군요."

"인간이 아니라 엘프라고 하는 것이 정확한 표현일 것 같네요. 드림랜드 역사에 등장한 오러 마스터 중에는 인간은 없었어요. 모두 엘프들이었죠."

여왕의 말에서 동범은 강철거인에서 내린 이들이 모두 엘프였음을 기억해냈다.

"하이 엘프님들은 모두 오러 마스터였군요."

"맞아요. 당신은 쥬나―라이오―민님의 기억을 엿보았으니 알 거예요. 마지막 남은 오러 마스터가 기간테스를 타고 '크툴루'와 그의 족속 '크툴루 스타 웨폰'과 싸우는 최후의 전쟁을 말이에요."

쥬나―라이오―민의 기억을 엿본 또 한 명, 아리아가 말을 받았다.

"하지만 이제 쥬나―라이오―민님을 최후로 오러 마스터는 사라졌습니다. 여왕님이 말씀하신 기간테스도 더 이상은 존재할 수 없는 환상일 뿐입니다.”

“……”

“……”

“……”

희망이 사라졌다.

동범은 남자의 로망만을 위해서 거대로봇을 만들고자 한 것은 아니었다.

‘판글루 글루나파 크툴루 르뤼에 가나글 파탄(Ph’ nglui Mglw’ nafh Cthulhu R’ lyeh Wgah’ nagl Fhtagn). 죽은 크툴루가 그의 처소인 르뤼에에서 꿈꾸며 일어날 날을 기다린다.’

육지에서 가장 먼…….

도달 불능점 어디…….

심연의 끝자락…….

르뤼에에서…….

꿈을 꾸며…….

일어날 날을 기다리는…….

마왕, 크툴루!

그것과 싸우기 위해서는 기간테스가 절대적으로 필요했다.

동범이 실망하자 아인—크리스틴힐테 여왕이 부드럽게 말했다.

"오러를 다루면 붉은 홍염이 몸을 감싸고 그 힘과 능력은 추측할 수도, 가늠할 수도, 인지할 수도 없다. 하지만 나를 마지막으로 엘프에게는 오러 마스터가 나오지 않을 것이다. 어느 날 쥬나―라이오―민님께서 해주신 말씀이에요. 어쩌면 그 말은 엘프는 아니지만 인간 중에서 오러 마스터가 나올지도 모른다는 의미일지도 몰라요."

꽝!

동범이 자리를 박차고 일어나자 의자가 넘어졌다.

동범은 놀라 자신을 바라보는 일행을 무시하고 회의실을 뛰어 나갔다.

"실망이 큰 모양입니다."

안드레 박사가 여왕에게 말했다.

여왕은 열린 회의실 문을 안타까운 눈으로 바라보고 있었다.

"생명체의 미래를 어깨에 짊어진다는 것은 상상하기 힘든 중압감을 왕자에게 주고 있을 터. 우리가 조금 더 따뜻하게 지켜보는 수밖에요.

그때 회의실을 상쾌한 웃음소리가 채웠다.

"크크크크크크."

웃음의 주인공은 모니터 속의 노멘이었다.

"왜 웃어 노멘?"

“페이 누나는 아직 형에 대해 잘 모르는구나.”

“무슨 소리야?”

“크크크크.”

“알아듣게 설명을 해봐.”

“기다려. 크크크.”

노멘은 페이의 안달에도 꼼짝하지 않았다.

궁금증은 잠시 후 자연스럽게 해소되었다.

“…….”

“…….”

동범이 다시 회의실로 돌아왔다.

그는 황당하게도 파워큐티클을 갖춰 입고 있었다.

“무슨 짓이에요?”

“기간테스 개발이 좌절됐다고 자네가 이러면 안 되지.”

“왕자님, 괜찮으세요?”

각자의 방법으로 일행이 동범을 위로하자 노멘이 다시 웃음을 터뜨렸다.

“크크크크, 괜찮아요. 형은 지극히 정상이에요. 형, 보여줘.”

동범은 천천히 정신을 집중했다.

그러자 전신을 채우고 있던 마나가 심장으로 모여들었다.

동범은 농도가 짙어진 마나를 섬세하게 컨트롤했다.

그러자 마나들이 압축되고 늘려져 심장 주위를 감싸기 시작했다. 이윽고 마나는 단순한 실공이 아닌 기하학적 면들로 변해 조합되고 조립되어 원을 만들었다.

"아~"

"세상에……."

"쥬나—라이오—민의 무오류를 믿습니다."

"……."

동범은 압축되고 정제된 마나를 천천히 피부로 이동시켰다.

파워큐티클이 천천히 붉게 물들기 시작했다.

"오러."

"아……."

"전설이 사실이었어."

"두고 보라고 했잖아요. 우리 형 멋지죠."

붉게 물든 파워큐티클은 붉음을 넘어 노란 백광을 품은 홍염을 배출하기 시작했다.

그 모습을 본 아인—크리스틴힐테 여왕이 머리를 조아리고 말했다.

"엘프의 시대가 저물고 인간의 시대가 도래했습니다. 경하드립니다."

팟!

단숨에 파워큐티클이 본래의 검은색으로 변했다.

동범은 페이스 마스크를 올리고 살짝 미소를 지었다.

그 모습을 본 페이가 얼굴을 붉혔다.

'멋져.'

동범도 페이가 얼굴을 붉히는 것을 보았다. 동범은 주먹을 불끈 쥐고 생각했다.

'나이스.'

두 사람이 만난 이래로 페이는 여성성보다는 남성성을 드러내는 경우가 많았다. 그렇지만 지금 이 순간, 동번은 페이에게서 지금까지 느껴보지 못한 진한 여성성을 느끼고 있었다.

기분이 좋았다.

심장이 터질 것 같았다.

언제나 그랬듯이 동범은 기간테스보다 지구를 지키는 것보다 페이의 웃음이 더 몇 배의 값어치가 있었다.

'이 장면을 잘 기록했어야 했는데……'

동범은 살짝 모니터를 바라보았다.

노멘이 검지와 엄지를 붙여 ok를 표시하고 있었다.

역시 노멘이었다.

*　　　*　　　*

우나—민이 날듯이 달려와 인사를 올렸다.

자이언트는 마법으로 움직이는 기계다.

지구상에 우나—민보다 마법을 잘 아는 이가 없는 이상 그녀가 한국으로 온 것은 당연한 귀결이었다.

우나—민은 동범의 제안을 듣고 제자 12명과 함께 한국으로 날아와 자이언트 개발을 총괄하고 있었다.

"왕자님을 뵙습니다."

지금까지 엘프들은 동범을 강한 인간, 즉 어디까지나 인간으로 취급했다. 왕자와 재상이라는 직위를 마지못해 인정한다는 투였다.

하지만 아인—크리스틴힐테 여왕이 동범에게 무릎을 꿇고 경하를 올린 후 엘프들의 반응은 극적으로 변했다.

나쁠 것은 없었지만 불편한 것 또한 사실이다.

"흠, 흠. 진행 상황은 어떻습니까."

"기술자 분들이 전설 속의 드워프보다도 실력이 좋으신 것 같습니다. 원하는 것 이상으로 잘해주셔서 예상보다 훨씬 작업 속도가 빠릅니다, 왕자님."

"지상에 처음으로 나오셨는데 관광도 못하시고 다시 지하에서 일하게 해 미안합니다."

"호호호호, 엘프에게 시간은 한없이 넘쳐난답니다."

"그렇게 생각주시니 고마울 따름입니다. 더 있으면 제가 방해될 테니 그럼 이만."

상급자가 하급자 일하는 것을 보고 있다는 것만으로도 부담을 만들어 낸다.

왕자가 된 후 그런 소소한 행동까지 신경을 써야 하는 동범이다.

그런데 우나―민의 표정이 심상치 않았다.

아니나 다를까. 우나―민이 동범을 붙잡았다.

"왕자님, 드릴 말씀이 있어요."

"무슨 말입니까? 편하게 하세요."

"부탁드릴 일이 있어서요."

"제가 할 수 있는 일은 뭐든지 들어 드리겠습니다."

"그것이……."

동범의 큰소리에도 우나―민은 쉽게 용건을 말하지 않았다. 그렇게 한참을 망설이던 우나―민은 이윽고 결심을 했는지 동범을 바라보았다.

"돈이 필요합니다."

"네?"

반문하자 우나―민의 표정이 어두워졌다. 거절의 뜻으로 받아들인 모양이다.

"드리겠습니다. 얼마든지 드리겠습니다. 제가 생각이 짧았습니다."

한국으로 데려온 엘프들은 무보수로 일하고 있었다

어처구니없게도 동범도 급여를 줄 생각을 못했고 엘프들도 돈을 받을 생각이 없었다.

생각해보면 옷도 사 입어야 하고 특히 여성 엘프들은 이것저것 필요한 것이 많았을 터다.

아리아나 페이가 있었다면 챙겼겠지만 두 사람은 아직 라—쥬에 있다.

"감사합니다."

우나—민의 표정이 밝아졌다.

그녀는 뒤를 돌아보고 외쳤다.

"아저씨들, 오늘은 제가 쏠게요."

우나—민의 말을 들은 기술자들이 환호성을 질렀다.

"와~!"

"정말? 그 말 정말이지?"

"살다보니 우나가 사는 술도 다 먹어보겠군."

"우나뿐인가? 다른 연구원들은 어쩌고."

알고 보니 기술자들과 연구원으로 신분을 위장한 엘프들은 일이 끝나면 공장 근처 술집에서 간단하게 회식을 하곤 했단다.

문제는 여기서 발생했다.

노멘 인더스트리의 기술자들은 비밀을 지키는 대가로 남 부럽지 않는 급여를 받아 주머니에 여유가 있다.

그럼에도 불구하고 기술자들이 느끼는 부담은 결코 작지 않았다.

무려 13명의 돈 없는 아리아다. 이들이 먹어치우는 술과 안주의 양은 인간의 상상력을 무참하게 박살 냈다.

그래도 나이가 지긋해 은퇴한 노인들이 대부분인 기술자 들은 싫은 소리를 하지 않았다. 그들은 뒷방 늙은이 취급을 당할 자신들을 파격적인 대우로 고용해준 노멘 인더스트리를 진심으로 사랑했다.

작은 해프닝 덕분에 자신이 하고 있는 일이 누군가에게 도 움이 되고 있다는 사실을 알게 된 동범이다.

동범은 당장 공장 근처 갈비집으로 달려갔다. 그래도 이 동 네에서는 가장 크고 유명한 갈비집이다.

"한우 꽃등심 1,000인분이라고요? 장난하십니까?"

동범의 주문을 들은 주인이 웃기지 말라며 손사래를 쳤다. 그럴 만도 했다.

"40명이 오는데……. 거기까지는 감사하죠. 그런데 1,000인 분을 준비해 달라는 말이 말입니까? 망아집니까?"

"말인데요. 솔직히 그것도 부족할지도 몰라요."

"……"

주인은 소금이라도 뿌릴 기세였다.

주인의 반응을 충분히 이해하는 동범이 신용카드를 내밀었다.

"선결제하죠."

주인의 허리가 90도로 꺾였다.

"감사합니다, 사장님."

결론적으로 고기는 부족했다.

그날 밤 벌어진 노멘 인더스트리 제조부분 회식이 시작된 후 단 한 시간 만이었다.

주인은 주변 정육점과 식당을 돌려 고기란 고기를 모두 쓸어 와야 했다.

동범은 우나—민과 안성준과 한 테이블에 앉아 술잔을 기울이고 있었다.

"안드레 박사님이 안보이시네요. 아까 공장에도 안계셨는데……."

"전남 장흥이란 곳에 다녀오신다고 했습니다."

"장흥이요? 그곳을 왜?"

"그러니까……."

질문을 받은 안성준이 우나—민의 눈치를 보았다.

"혹시?"

"휴~ 맞습니다. 그 칠칠치 못한 노인네가 사고쳤습니다."

이야기인즉슨 이렇다.

라—쥬에서 우나—민과 안드레 박사는 인간과 엘프 커플 최초로 결혼을 약속했다.

관심사와 지적 수준이 비슷한 두 사람은 통하는 것이 많았다.

한국으로 돌아온 안드레 박사는 우나—민과 살 집을 구하러 다녔다. 당연히 집은 노멘 인더스트리와 가까워야 했다.

그 과정에서 안드레 박사가 집을 구한다는 소문이 한마정밀에 퍼졌다.

안드레 박사가 한마정밀 식당 아주머니 김순실 여사를 좋아하는 사실을 모르는 사람은 없다.

소문이 소문을 낳았다.

안드레 박사와 김순실 여사가 결혼한다는 소문이 퍼진 것이다. 소문은 김순실 여사의 귀에도 들어갔다.

사실 김순실 여사도 안드레 박사를 좋아했다.

김순실 여사에게는 고등학교 3학년인 외동딸이 있었다. 그녀는 자신의 결혼으로 한참 입시로 민감할 딸이 받을 충격을 걱정했다.

그래서 딸이 대학에 들어가면 안드레 박사와 결혼한 생각을 하고 있었다.

노멘의 철저한 조사에 의하면 김순실 여사는 단골 미용실 주인에게 이렇게 말했다고 했다.

"딸이 결혼할 때 아버지가 노벨상 수상자면 얼마나 멋지겠어."

그런데 얼마 후 장밋빛 소문이 눈이 튀어나오게 아름다운 금발의 외국인 여성의 등장으로 '사랑과 전쟁' 노멘 인더스트리 판으로 변하고 말았다.

처음에 우나—민의 존재를 알았을 때 사람들은 그녀를 안드레 박사의 딸로 생각했다.

우나—민이 금발 외국인이었고 턱없이 어리게 보였기 때문이다.

얼마 후 우나—민이 안드레 박사와 결혼할 사이이고 구한 집에서 살 것이란 사실이 미용실 아주머니 군단에 의해 밝혀졌다.

충격을 받은 김순실 여사는 동네 창피하다고 사직서를 제출하고 고향 장흥으로 내려가 버렸다.

당장 발등에 불이 떨어진 사람들은 김순실 여사의 손맛 대신 케이터링 서비스를 받게 된 한마정밀 직원들이었다.

그들은 단체로 찾아와 안드레 박사를 협박하기 시작했다.

"그래서 털레털레 장흥으로 내려갔죠. 김순실 여사를 다시 모셔오기 위해서요."

동범도 어느새 안상준처럼 우나―민의 눈치를 보고 있었
다.

우나―민의 표정은 아무런 변화가 없었다. 오히려 그런 그
녀가 더 무서웠던 동범은 조용히 물었다.

"괜찮으십니까?"

우나―민이 소주병을 들어 맥주잔을 가득 채웠다.

그리고 단숨에 들이켰다.

"크, 역시 켄밤이 더 좋군요. 소주는 너무 써요."

삼겹살 한 조각으로 입을 가신 우나―민의 표정이 변했다.
그녀는 싸늘하게 말했다.

"엘프는 한 번 선택한 배우자를 결코 배신하지 않습니다.
그래서!"

"……."

"……."

동범과 안상준은 숨을 죽였다.

"배우자의 배신도 용서하지 않습니다. 배우자가 부정을 저
질렀을 경우 엘프의 법은!"

꿀꺽!

우나―민은 손을 들어 검지와 중지를 벌렸다 붙였다. 그리
고 천천히 말했다.

"싹뚝!"

동범도 놀랐지만 안상준은 더 놀란 것 같았다.

"헉!"

그는 두 손으로 사타구니를 가리고 있었다. 안상준도 라―쥬
에서 결혼을 약속한 엘프가 기다리고 있었다.

제56장
뱀 인간

NOMEN
노엔

큐슈에 도착한 박종석은 쿠스토스들을 5인 1조로 나눈 다음 큐슈전역으로 분산시켜 카구츠찌(迦具土神)를 박멸하게 했다.

파워큐티클과 스매쉬를 장비한 쿠스토스들은 밤이면 땅에서 기어나오는 카구츠찌들을 제거하며 쇼거스가 숨어 있을 것으로 의심되는 헤이세이 신산(平成新山)으로 전진했다.

일본 정부도 마냥 손을 놓고 있는 것은 아니었다.

아무리 화염방사기를 내장하고 있다고 해도 카구츠찌는 기본적으로 벌레에 불과하다는 사실이 밝혀졌다.

　이에 고무된 일본 정부는 각종 중장비와 탱크 등 무한궤도 차량을 큐슈로 실어 날랐다. 그리고 자위대를 동원해 밤마다 카구츠찌들을 밟아 죽이는 작전을 실시했다.

　큐슈가 넓다 하지만 당연히 쿠스토스들과 카구츠찌 제거 작업을 하는 자위대는 서로 맞닥뜨릴 수밖에 없었다.

＊　　　＊　　　＊

　육상 자위대 동부 방면대 제1보병사단 코마카도 주둔부대 제1전차대대 대대장, 코스케 삼등육좌와 그의 전차대대는 천신만고 끝에 황거를 탈출해 살아남았다.

　코스케 삼등육좌는 자신이 최선을 다했다고 자부했다.

　무시무시한 괴물을 상대로 무려 5시간 동안 황거를 지켜냈고 완벽한 퇴각으로 한 명의 사망자도 없이 부하들을 복귀시켰기 때문이다.

　하지만 그런 그에게 내려진 명령은 가혹하기 그지없었다.

　―귀관은 황거를 사수하라는 명령을 무시했다. 그뿐만 아니라 적전 도주로 자위대의 명예를 실추시켰다. 이에 코스케 삼등육좌를 불명예제대 처분한다.

황거는 일본인의 심장이다.

그런 황거가 완전히 폐허로 변했다. 누군가 책임질 사람이 필요했다. 일본 정부는 그 책임을 자위대에 전가했고 자위대는 코스케 삼등육좌를 희생양으로 삼기로 결정했다.

처분은 코스케 삼등육좌에서 그치지 않았다.

그의 부하들도 책임추궁에서 벗어나지 못하고 일제히 군복을 벗어야 했다.

억울했지만 코스케 삼등육좌와 부하들은 반발하지 않았다.

어찌됐든 황거를 지키지 못한 것은 사실이다. 일본인에게 황거는 천황을 의미한다. 고로 천황을 지키지 못한 죄는 결코 면죄될 수 없는 것이었다.

그런데 처분이 보류되는 사건이 일어났다.

큐슈에 카구츠찌가 나타나고 무한궤도 차량으로 그것들을 깔아뭉개는 것만이 유일한 제거 방법이란 사실이 밝혀졌다.

괴물의 습격으로 가장 피해를 많이 받은 이들은 당연히 자위대였다. 그리고 그중에서도 피해는 괴물을 상대할 수 있는 전차부대에 집중되었다.

당연히 전차를 운행할 사람이 태부족했다.

코스케 삼등육좌와 부하들은 큐슈로 급파된 이유였다.

낮이면 자고 해가 지면 카구츠찌를 찾아 헤매는 나날이 일주일 이상 계속되었다.

오늘도 여느 때와 같은 날이었다.

코스케 삼등육좌와 부하들은 나가사키 시의 중심부에서 이시바시 역 방면으로 이동하며 열영상탐지기에 보이는 모든 카구츠찌를 한 마리도 남기지 않고 뭉개고 있었다.

콘크리트 건축물에 바리케이트를 치고 숨어 있던 주민들이 자위대 전차를 보자 환호성을 지르며 응원을 해주는 작은 보람도 있었다.

힘이 난 코스케 삼등육좌는 부하들을 독려했다.

"모두 경계를 늦추지 마라. 3대대에서 어제 전소 피해가 발생했다."

"알겠습니다, 삼등육좌님."

전차장 해치로 몸을 내밀고 열영상탐지기로 주변을 살피던 코스케 삼등육좌는 묘한 위화감을 느꼈다.

"그런데 이상하지 않나? 이치로 일등육사?"

"뭐가 말씀이십니까?"

역시 포수해치로 몸을 내밀고 전차의 뒤쪽을 살피던 이치로 일등육사가 되물었다.

"벌써 해가 진지 2시간째야. 그런데 카쿠즈찌가 한 마리도 안보여."

"그건 그렇습니다만, 이미 다 잡은 것이 아닐까요?"

"이곳은 우리 대대가 처음이야. 관할 구역이 달라."

헤이세이 신산(平成新山)이 분화하면서 퍼진 카쿠즈찌는 큐슈 남부 절반을 뒤덮었다.

당연히 카쿠즈찌의 분포 밀도는 헤이세이 신산에 가까울수록 조밀해야 했다.

그런데 어제까지만 해도 그렇게 많던 카쿠즈찌가 흔적도 없이 모습을 감춘 것이다.

코스케 삼등육좌는 계속 전진할 것인지 멈추고 상부에 보고를 할 것인지 고민에 빠졌다.

"계속 전진하자."

안 그래도 밉게 보였다. 더 이상 찍히는 것은 만수무강에 지장이 있다는 생각이다.

그런데 코스케 삼등육좌의 명령에도 전차는 전진하지 않았다. 대신 이찌로 일등육사가 조용히 그를 불러왔다.

"삼등육좌님."

"왜 전진을 안 해?"

"7시 방향 건물 옥상을 보십시오."

이치로 일등육사가 말한 건물은 전차로부터 200m 정도 떨어져 있는 일본 특유의 좁은 폭을 가진 7층짜리 맨션이었다.

"……"

건물 옥상에 사람의 움직임이 보였다.

"사람?"

"모두 5명입니다."

"피난민이겠지."

"아닙니다. 저들은 옆 건물 옥상에서 도약해 저 건물에 뛰어내렸습니다."

옆 건물은 아무리 봐도 20m 이상 떨어져 보였다.

"잘못 봤겠지. 도저히 인간이 뛸 수 있는 넓이가 아니야."

"그래도……. 보… 보십시오! 또!"

이찌로 일등육사의 말은 거짓이 아니었다.

이번에는 코스케 삼등육좌도 똑똑히 보았다. 옥상의 사람들은 단숨에 지상으로 뛰어내렸다.

자살은 아니었다. 그들은 지면에 닿자마자 팅겨 올라 코스케 삼등육좌의 전차로 달려오고 있었다.

"어떻게 하죠?"

"기다려라. 적이 아니다."

"그럼……. 아~! 쿠스토스군요. 미군이 개입한 모양입니다."

"그래, 이곳을 먼저 청소한 것도 저들인 모양이다."

쿠스토스는 괴물의 난입으로 산업 시설과 도시 시설이 마비 직전에 이른 일본인의 우상으로 떠올랐다.

텔레비전에서는 시간마다 쿠스토스들의 정체에 대한 기획 프로그램이 방영되었고 인터넷 게시판에는 우연히 찍은 쿠스토스들의 사진을 교환하고 품평하는 글로 도배되다시피 하고 있었다.

김현철은 옌스 스톨벤베르크를 잡기 위해 이시바시 역으로 왔다. 그는 먼저 걸리적거리는 카쿠즈찌를 쓸어버렸다. 어차피 해야 할 일이고 옌스가 도망치는 와중에 재라도 되는 날이면 박종석에게 살아도 산 것이 아니게 될 것이 뻔해서다.

그런데 막 엔스 스톨로베르크가 잠복해 있는 건물로 진입하려는 순간 전차 한 대가 굉음을 울리며 나타났다.

"빌어먹을……. 저거 뭐야?"

김현철의 눈치를 살피던 카라치―론이 냉큼 대답했다.

"일본 자위대 소속 74식 전차입니다. 중량 38톤, 750마력 공랭식 디젤엔진 장착, 105㎜ 주포 탑재……."

딱!

김현철은 주먹으로 카라치―론의 머리를 때렸다.

"누가 몰라서 물어? 하여튼 눈치없기는……. 저런 눈치로 어떻게 쿠스토스의 대장 노릇을 했는지 몰라."

"제가 뭘……."

잘 보이기 위해 밤을 새워 일본 자위대 장비도감을 달달 암

기한 카라치—론은 억울해 죽을 것만 같았다.

원래 카라치—론은 쿠스토스의 수장으로 여성 엘프들에게 가장 인기가 많은 매력남이었다.

그런데 보안팀이 라—쥬에 오고 난 후 그의 처지는 말이 아니었다.

보안팀은 훈련 성과에 따라 쿠스토스를 병장, 상병, 일병, 이병으로 나누었다. 그 소식을 들었을 때 카라치—론은 별로 걱정하지 않았다. 자신은 그래도 대장이었기 때문이다.

하지만 그에게 주어진 계급은 겨우 병장이었다. 문제는 카라치—론 말고도 병장이 무려 9명이 더 있다는 사실이었다.

"쓰읍! 헬멧 벗고 맞을래? 어디서 말대답이야?"

"아……. 아닙니다."

김현철은 전차장 해치에서 이쪽을 바라보고 있는 자위대원이 황거에서 봤던 코스케 삼등육좌라는 사실을 한눈에 알아보았다.

"명도 기네. 죽었을 줄 알았는데……."

"네?"

"아니다, 가자."

전차로 다가간 김현철은 카라치—론을 불렀다.

"야! 카라치."

"병장 카라치!"

"통역해라."

"알겠습니다."

김현철은 두려움과 경외의 눈빛으로 자신을 바라보고 있는 코스케 삼등육좌에게 말했다.

"당신은 매우 중요한 작전을 방해하고 있어."

"무슨 작전 말입니까?"

"여기는 카쿠즈찌를 퍼트린 테러리스트들이 은신한 곳으로 의심되는 곳이야. 그런데 너희 빌어먹을 전차가 그들을 도망치게 만들고 있다구!"

예상치 못한 말에 당황한 코스케 삼등육좌는 황급히 전차의 엔진을 끄게 했다.

"죄송합니다. 죄송합니다."

"그래, 그럼 우린 간다."

"저흰 어떻게 할까요?"

"부대로 돌아가면 되지."

"걸어서 말입니까?"

"아~ 전차가 없으면 위험하겠군. 그럼 그냥 숨죽이고 가만히 있어."

용건을 마친 김현철은 자리를 떠나려했다. 그런 그를 코스케 삼등육좌가 불렀다.

"저기……."

"왜?"

"사진 한 번만 찍어주시면 안되겠습니까? 평생의 보물이 될 겁니다."

기가 찼다.

황거를 지키는 모습을 보고 그래도 군인답다고 생각했었다. 하지만 이런 어처구니없는 부탁을 하는 모습을 보니 이들은 군인이 아닌 자위대가 분명했다.

어려운 부탁도 아니고 괜스레 남은 자위대원이 소란스럽게 굴면 지금껏 들인 공이 모두 도로 아미타불이 될 것이다.

"뭐, 안될 것도 없겠지. 야, 카라치!"

"병장, 카라치."

"네가 찍어줘라."

코스케 삼등육좌는 이찌로 일등육사에게 핸드폰을 내밀고 카라치—론 옆에 섰다.

그 모습을 본 다른 자위대원들도 일제히 핸드폰을 꺼내 들었다.

그들 역시 일본의 구세주 쿠스토스들과 사진을 찍고 싶었던 것이다.

사진을 모두 찍어준 김현철은 쿠스토스들을 산개시켰다.

파팟!

애니메이션의 한 장면처럼 일시에 사라지는 쿠스토스들을

보며 자위대원들이 입을 벌렸다.

그 모습을 보니 괜스레 으쓱하기도 하고 한편으로 안쓰러운 마음이 든 김현철이다.

"카라치, 튀어와!"

그의 명령에 사라졌던 카라치—론이 다시 나타났다.

"무슨 일이십니까?"

"통역해."

"……."

"꼬우면 네가 대장해."

김현철은 얼굴이 구겨진 카라치—론을 무시하고 코스케 삼등육사를 불렀다.

"코스케 삼등육사!"

"네? 네."

"너, 황거에서도 안 죽었잖아."

"그걸 어떻게……."

"절대 헤이세이 신산(平成新山) 쪽으로는 얼씬도 하지 말아라."

"헤이세이 신산요?"

"그쪽으로 가라는 명령을 받으면 탈영해. 그래야 오래 살아."

"……."

"난 간다. 가자! 카라치."

김현철은 얼음처럼 굳어버린 자위대원을 버려두고 몸을
날렸다.

이정도면 됐다.

자신은 호의를 베풀었고 그 호의를 받아들이는 것은 전적
으로 저들의 몫이었다.

*   *   *

옌스 스톨벤베르크가 숨어 있는 건물은 이시비시 역을 지
나는 철로와 인접해 있는 작은 2층 주택이었다.

사실 김현철은 이런 상황이 너무 어처구니가 없어 우습기
까지 했다.

옌스가 막강한 전투 능력을 가진 테러리스트라고 하지만
그것은 어디까지나 인간에게나 통할 힘이다.

당연히 마나를 다뤄 인간의 범주를 아득히 뛰어넘은 김현
철에게 옌스는 전혀 상대가 되지 않았다.

'애들 훈련이야 잘되겠지만……. 쩝, 스타일 구기네.'

모든 쿠스토스들이 지정된 위치에 도착해 준비를 마치자
김현철은 노멘을 호출했다.

"노멘, 상황은 어때?"

“위성 적외선 사진 판독결과 4명은 1층에, 3명은 2층에. 그리고 2명은 지하에 있어요. 방금 평면도 보냈어요. 확인해 보세요.”

페이스 마스크에 평면도와 함께 사람의 위치가 표시되었다.

“고마워. 그런데 옌스의 위치를 특정할 수 있을까?”

“가장 최근 통화가 10분 전에 있었어요. 기지국에서 잡은 전파강도를 고려했을 때 옌스는 88퍼센트의 확률로 지하실에 있어요.”

“그럼 목표의 옆집 구조는? 지하실이 있어?”

“아~ 네, 지하실이 있어요. 피난 갔는지 사람은 없습니다.”

“역시 노멘, 눈치챘구나? 좋아, 다들 들었지?

“넵!”

“절대 죽이면 안 돼. 곱게 모셔라.”

“알겠습니다.”

“1조는 1층, 2조는 2층. 내 신호와 함께 돌입한다. 지하실은 내가 맡는다.”

“넵.”

명령을 마친 김현철은 옌스가 숨어 있는 집의 옆집으로 접근했다.

*   *   *

김현철은 스매쉬로 통로를 뚫고 옌스가 숨어 있는 지하실로 진입했다. 그곳에서 김현철이 발견한 것은 발가벗고 뒹굴고 있는 옌스와 젊은 일본 여성이었다.

김현철의 등장에도 옌스는 별로 놀란 기색이 아니었다.

그는 천천히 몸을 일으키며 낮은 저음으로 말했다. 그의 목소리는 저음이면서도 약간 허파에 바람 빠지듯 슛슛 소리가 섞여 있어 그리 듣기 좋은 소리는 아니었다.

"너, 뭐야? 내가 누군 줄 알아?"

"……."

중국어에는 능통하지만 영어는 젬병인 김현철은 옌스의 말을 알아들을 수 없었다. 그래서 대답 대신 만국공통의 욕인 중지를 내밀었다.

모를래야 모를 수 없는 단도직입적인 도발에 대노한 옌스가 베게 밑에서 나이프를 꺼내 들었다.

"호~ 좀 아는데? 명성이 부풀려진 것은 아니군."

일단 영화에 나이프깨나 쓴다는 등장인물들이 사용하는 발리송 나이프(Balisong knife)가 아닌 것이 마음에 들었다.

필리핀 발리송 지방의 원주민들이 사용하던 나이프를 미

군들이 개량한 발리송 나이프는 버터플라이 나이프라고도 불린다.

발리송 나이프는 접힌 두 개의 손잡이 안에 날이 들어 있는 형태를 하고 있다. 펴고 접고 돌리는 메니퓰레이션(Manipulation)을 펼치기에는 멋있기는 하지만 역시 화려할 뿐 실제 전투에는 아무런 의미가 없다.

엔스가 꺼내 든 나이프는 익히 김현철도 잘 알고 있는 카람빗(Karambit)이다.

카람빗은 인도네시아 아키펠랑고에서 탄생한 나이프로 전체적으로 독수리의 발톱처럼 구부러진 형태를 띠고 있다. 카람빗의 가장 큰 특징은 역시 손잡이 뒷부분에 있는 링이다. 이 링은 새끼손가락이나 검지를 걸어 전투 시 나이프의 파지력을 높이는 역할을 한다.

엔스는 말레이시아의 나이프 종합격투무술인 펜칵시라트의 전형적인 기수식 자세를 취했다.

"크크크크."

김현철은 어이가 없어 헛웃음을 터뜨렸다.

파워큐티클을 입은 자신은 엔스의 눈에는 풀 플레이트 메일을 입은 기사나 미치광이로 보일 것이다.

어느 쪽이든 나이프만으로 전신을 방호한 적을 상대하는 것은 용기가 아니라 만용이다.

“모두 제압했습니다.”

김현철이 옌스를 어떻게 요리할지 고민하고 있을 때 카라치가 지하실로 내려왔다.

“아직 안 잡으셨습니까?”

눈치없는 카라치가 말했다.

그리고 살짝 비꼬는 어조로 덧붙였다.

“파워큐티클을 입으셨으니 그냥 때려잡으시죠.”

이런 말을 듣고도 꼭지가 돌지 않으면 김현철이 아니다.

“죽을래?”

“사실이 그렇지 않습니까. 애초에 상대가 돼야 말이죠.”

카라치―론은 도발을 멈추지 않았다. 그는 이참에 지금까지 쌓인 한을 풀 생각이었다.

김현철은 단숨에 카라치―론의 도발에 넘어갔다.

“되면 어쩔래?”

“에이, 김 기사님, 파워큐티클을 입고 상대 못할 생명체가 어디 있습니까? 농담도 그 정도면 안 웃깁니다.”

김현철은 헬멧을 벗었다. 그리고 나머지 파워큐티클도 벗어버렸다.

“너 내가 맨몸으로 쿠스토스를 이겼다는 사실을 잊어버렸구나. 이놈 잡고 나서 너도 죽여주지.”

“……”

카라치―론은 움찔했다. 김현철의 눈에는 불이 나오고 있었다.

"야, 덤벼!"

김현철은 분노를 옌스에게 돌렸다.

옌스는 황당했다. 안 그래도 갑옷을 둘둘 두른 적을 어떻게 상대할지 고민이었다. 그가 내린 결론은 지구전이었다. 갑옷은 중량을 의미했고 근접전투에서 중량은 핸디캡을 의미했다.

그의 작전은 또 한명의 갑옷으로 수포로 돌아가는 듯했다.

그런데 벽을 뚫고 들어온 노란 원숭이가 입고 있던 갑옷을 벗어던지더니 맨손으로 자신을 도발했다.

하얀 나이프 옌스. 그것이 옌스의 별명이다.

나이프를 들면 옌스는 천하무적이다.

분노가 치밀었다.

옌스는 로우킥을 날렸다. 상대도 영 허당은 아니었는지 살짝 다리를 들어 로우킥을 피했다. 옌스는 로우킥의 반동 그대로 몸을 회전시키며 카람빗으로 적의 목, 경동맥을 노렸다.

"웃차."

김현철은 웃으며 몸을 뒤로 젖히는 스웨이로 카람빗을 살짝 피했다.

옌스의 공격은 심심하기 그지없었다. 그가 휘두르는 카람빗에 달라붙은 보푸라기가 뚜렷하게 보일 지경이다.

'이거 원, 내가 나도 모르는 사이에 괴물이 되어 있었네.'

VIS를 익혔고 얼마 전부터는 마나를 느끼기 위해 녹즙과 열탕, 냉탕, 체조를 병행하고 있다.

이미 김현철의 신체는 인간의 한계를 아득히 넘은 상태였다.

처음부터 상대가 되지 않는 싸움을 길게 끌고 갈 필요는 없었다.

김현철이 내지른 주먹이 옌스의 왼쪽 어깨에 적중했다.

"컥!"

옌스가 반쯤 기절할 것 같은 표정으로 전투를 지켜보던 일본 여성의 몸 위에 떨어졌다.

너무 싱겁게 끝난 전투에 가장 놀란 사람은 역시 카라치―론이다. 그는 손으로 목을 잡았다. 목이 시큰거렸다.

"김 기사님. 짱이십니다. 대~박!"

"웃기지마. 긴장해."

김현철은 전투 자세를 풀지 않고 있었다.

조금 전 주먹이 옌스의 어깨에 적중했을 때 느낌이 이상했다. 내지른 주먹의 위력은 바위라도 부술 정도다. 인간의 어깨는 가루가 되고도 남은 위력이다.

하지만 주먹에 전달되는 감각 속에는 뼈를 부러뜨렸다는

느낌은 없었다.

아니나 다를까, 옌스가 몸을 일으키더니 어깨를 빙빙 돌려 풀었다. 마치 모기에 물렸냐는 식이다.

그 모습을 본 김현철이 말했다.

"너, 인간이 아니구나?"

"슛, 슛, 슈슈슛."

대답대신 옌스가 끝이 두 개로 갈라진 긴 혀를 날름거리며 김현철에게 다가왔다.

옌스의 눈동자는 뱀의 그것처럼 세로로 갈라져 있었다.

"카라치, 위층으로 올라가 잡은 놈들 확인해."

"괜찮으시겠습니까?"

"너, 정말 말 많다."

"……."

카라치—론이 위층으로 달려갔다.

'어디서부터 잘못된 거지?'

김현철의 자신의 오판을 저주했다.

처음부터 쉬워도 너무 쉬웠다.

이미 전쟁은 인간들의 영역을 아득히 벗어나 있었다. 도저히 스쿨드 따위가 끼어들어 무언가를 할 수 있는 범주가 아니란 의미다.

우드드득!

듣기 싫은 소리와 함께 옌스를 덮고 있던 피부가 찢어졌다.

옌스는 이미 인간이 아니었다. 몸은 인간을 닮았지만 목은 뱀처럼 길었고 역시 뱀처럼 꼬리가 달려 있었다.

얼굴은 뱀이라기보다는 악어를 닮았다.

4개뿐인 손가락은 인간처럼 마디가 3개가 아니라 5개였고 타조를 닮은 발로 새처럼 사뿐사뿐하게 걸었다.

김현철은 마나를 쥐어짜내 몸에 두르고 주먹을 쥐었다.

*   *   *

옌스는 생김새와 달리 육체적인 능력이 탁월한 편은 아니었다. 김현철이 느끼기에 옌스의 신체적 능력은 자신보다 뒤떨어졌다.

대신 전투에 있어서 김현철을 당황하게 만든 것은 옌스의 뱀 눈동자가 번쩍일 때마다 발현되는 기묘한 현상들이었다.

옌스는 마법사처럼 불덩이를 만들어 던지거나 순간이동을 하거나 허공을 날지는 못했다.

대신 김현철의 발밑을 10㎝ 정도 꺼지게 한다거나 주변 기물을 염력으로 움직여 전투를 유리하게 이끌었다.

펑!

눈앞에 갑자기 나타나 터진 광채 덕분에 시야를 잃어버린 김현철이 손을 내저으며 소리쳤다.

"괴물처럼 생겼으면 괴물처럼 행동하란 말이야."

생긴 것은 악마 뺨 처먹게 생겼으면서 전투는 얍삽하기 그지없다.

내지른 손에 옌스의 딱딱한 피부가 만져졌다. 부위는 손목이었다.

김현철은 손목을 꽉 움켜쥐었다.

'응?'

미끄덩하는 느낌과 함께 손목이 스르륵 빠져나갔다.

더불어 딛고 서 있던 바닥의 저항도 사라졌다.

꽈당!

김현철은 두 다리를 하늘로 올리고 볼썽사나운 모습으로 벌렁 넘어졌다.

시간이 지날수록 전투는 동내 양아치들의 개싸움 형태로 흘러갔다.

옌스는 김현철과 근접전을 하지 못했고 김현철은 각종 기괴한 현상에 막혀 옌스에게 다가가지 못했다.

"잡히기만 해봐. 창자를 꺼내서 줄넘기를 해버릴 테니까."

"슛, 슈슈슛, 슈슛."

인간의 모습을 버리더니 말조차 못한다.

"헉, 헉, 위쪽 놈들은 전부 때려잡았습니다. 김 기사님은 아직이십니까?"

카라치—론이 다시 등장했다.

전부 맞는 말이지만 어딘지 모르게 속을 긁는 말이다.

"지금 잡을 거야."

기분이 상한 김현철은 각지를 껴 손마디를 풀었다.

그리고 허리를 굽혀 자세를 한껏 낮춘 다음 태클을 시도했다.

그렇지만 이번 시도도 실패였다.

옌스는 몸을 미끄럽게 만들어 미꾸라지처럼 태클을 피했다. 그리고 김현철이 만들어 놓았던 통로로 냅다 도망치기 시작했다.

"도망갑니다."

세상에서 제일 미운 사람이 일도 안하면서 잔소리만 하는 사람이다. 카라치가 꼭 그랬다.

"입 닥쳐."

김현철은 던져두었던 파워큐티클 헬멧을 집어 들었다.

"두고 보라고."

그리고는 도망치는 옌스에게 힘껏 던졌다. 김현철의 손을 떠난 헬멧이 멋진 직선을 그리며 옌스의 뒤통수로 날아갔다.

깡!

상쾌한 금속음과 함께 옌스가 쓰러졌다.

카리치―론이 엄지손가락을 치켜세웠다.

"나이스! 스트라이크!"

그는 라―쥬 베이스볼 리그 선두팀 프린스 팀의 에이스 투수였다.

"박아."

"네?"

"안 박아? 아주 심어줄까?"

"잘했다고 해도 뭐라서."

김현철은 비로소 카라치―론의 정체를 알아차렸다.

카라치―론은 지금까지 머리가 좋거나 성격이 나빠 비꼰 것이 아니었다.

그는 그저 엘프답지 않게 머리가 나쁘고 눈치가 없을 뿐이었다.

두 사람의 촌극을 보고 있던 여성이 비로소 입을 열었다.

"저… 저는 어떻게……?"

여성은 아무것도 입지 않고 있었다. 김현철은 여성에게 시트를 덮어 주고 말했다.

"이름, 나이, 주소."

네이티브 한국어를 구사하는 김현철과 일본 여성이 말이 통할 리 없다.

카라치―론이 냉큼 끼어들었다.

"아가씨, 무도한 놈들의 마수에 시달리시느라 얼마나 고초가 많으셨습니까. 이제 걱정마십시오. 저희는 쿠스토스입니다."

빡!

김현철은 카라치—론의 뒤통수를 후려쳤다.

"아악! 왜 때려요."

"너 또 버터 바른 소리하고 있지."

"아닌데요?"

"아쭈? 거짓말까지? 내가 일본어를 못한다고 해도 눈치도 없을 것 같아? 내가 말한 단어는 3단어고 너는 문장이잖아. 못 참아. 박아."

카라치—론은 결국 원산폭격을 상태로 통역을 해야 했다.

노멘을 통해 여성이 말한 인적사항이 틀림없다는 것을 확인한 김현철은 그녀에게 옷을 입게 했다.

"절대 다른 사람에게 오늘 본 것을 말하면 안 됩니다. 만일 발설하면 뱀 괴물과 섹스한 비디오를 퍼뜨릴 겁니다."

그런 실정법을 깡그리 무시하는 변태 취미는 없었지만 어쨌든 협박은 효과적으로 먹혔다.

여성은 필사적으로 고개를 끄덕였다.

김현철은 주변 주택가와 공장을 뒤져 드럼통을 구해오게

했다.

그리고 드럼통에 뱀 인간을 처넣은 후 손가락 굵기보다 작은 숨구멍 몇 개만 뚫은 후 뚜껑을 용접해 버렸다.

"미끄러운 놈이니 도망칠지 몰라."

이제 남은 것은 이놈들을 안전하게 한국으로 이송하는 일이었다.

"수고하셨어요, 현철 아저씨."

"우리가 직접 해야겠지?"

"아니에요. 아저씨 팀은 급히 헤이세이 신산 쪽으로 이동해 주세요. 조금 전 다시 소규모 분화가 있었어요. 대분화의 기미도 보이구요."

"징그런 벌레들이 또 튀어나온다는 말이군. 그럼 이놈들은 어떻게 하지? 8마리나 되서 누구 한 명에게 시키기도 껄끄러운데."

"후속 팀에게 맡길 게요."

"알았어. 그렇게 할게."

드럼통들을 지하실에 넣고 입구를 무너뜨린 김현철은 여성을 오지도 가지도 못하고 대기하고 있는 코스케 삼등육사에게 넘기고 헤이세이 신산으로 향했다.

＊　　　＊　　　＊

헤이세이 신산의 전투는 우려하던 것에 비해 너무나 싱겁게 끝났다.

박종석과 김현철은 분화구 내부에서 여왕벌처럼 알을 낳고 카쿠즈찌를 부화시키고 있는 쇼거스를 발견하고 처치했다.

이로서 일본은 두 달간 계속되던 쇼거스의 침략에서 벗어났다.

하지만 문제는 끝이 아니라 이제 시작이었다.

두 달간의 무정부 상태가 남긴 상처는 세계 3번째의 경제대국 일본의 기초 체력에 심대하게 타격을 가했다. 무엇보다도 국가의 근간을 이루는 SOC 시설과 생산 시설이 집중된 동경, 오사카를 비롯한 대도시에 집중된 피해가 그런 점을 가중시켰다.

그나마 피해를 줄인 것은 국내 소요에 관여할 수 없는 자위대 법을 신속하게 개정한 일본 정부의 발 빠른 대처였다.

그리고 이런 일본 정부의 대처는 매뉴얼 국가 일본치고는 괜찮았다는 것이 국제사회의 일치된 평가였다.

하지만 가족을 잃고 집을 잃은 일본인들에게는 책임을 물을 희생양이 필요했다.

후쿠시마 원전사고로 집을 잃고 생활의 터전을 떠나야 했을 때도 묵묵히 정부의 조치를 따랐던 일본인들이 분노하기 시작했다.

일본인들의 분노는 자신들이 뽑은 정부로 향할 수밖에 없었다.

전국적인 시위가 벌어졌고 일본은 한치 앞도 구별 할 수 없는 혼돈의 소용돌이로 빠져들어 갔다.

그들의 구호는 단순했다.

—내각 총사퇴.
—철저한 원인규명.

연 인원 1,000만 명 이상이 거리로 나온 이 시위는 역사 이래 일본인들이 최초로 지배자를 향해 자신의 목소리를 내는 시위가 되었다.

일본 정부는 신속하게 내각총사퇴를 결의하고 중의원을 해산시킨 후 총선거를 의결했다.

하지만 문제는 원인 규명이었다.

일본 정부로서는 모든 일의 배후로 짐작되는 미국의 존재를 발설할 수 없었다.

미국을 거론하는 순간 사태는 단순한 정치놀음이나 외교 문제를 아득히 벗어난다.

당연히 미국은 부인할 테고 일본에 보복을 할 것이다.

역사 문제로 아시아에서 고립되어 있는 일본으로서 미국의 보복은 곧 이차대전 직후의 암울했던 상황으로의 후퇴를 의미하는 것이었다.

제57장
미국

NOMEN
노멘

일본 못지않게 충격에 빠진 나라는 미국이었다.

미국은 일본이 자신들을 사태의 배후로 지목하고 있다는 사실을 잘 알고 있었다.

"핵미사일 한 발에 덤터기를 쓰게 됐어."

오바마 대통령은 입맛이 썼다.

아이러니하게도 일본 정부는 미국을 배후로 여기면서도 고마워하는 상반된 입장을 취하고 있었다.

"옐로우 몽키가 다 그렇지. 깊이 신경 쓸 필요 있을까?"

오바마 대통령의 오랜 친구인 제이콥 류 대통령 비서실장은 그다지 걱정하는 기색이 아니었다.

그는 하버드대 출신으로 클린턴 행정부 때도 백악관 예산 국장을 맡았고, 오바마 행정부 들어 국무부 관리·자원 담당 부장관을 역임한 골수 예산통으로 월가와 깊은 관계가 있는 인물이었다.

"대서양에는 영국, 태평양에는 일본, 이것이 미국의 일관된 세계 경영전략 아니었던가?"

"영국은 이스라엘과 같이 대체 불가능한 친구지만 일본은 아니지 않는가. 한국이 있다고."

"한국이라……. 한국은 분명 활기찬 나라고 성장 가능성이 충분하지."

오바마 대통령은 한국에 대해서 관심이 많았다. 그는 미국 제조업의 몰락과 한국의 부상을 교육제도에서 찾았고 기회가 있을 때마다 미국도 한국식 교육 제도를 도입해야 한다고 연설하곤 했다.

"일본과 한국은 경제적으로 겹치는 분야가 많지. 최근에는 일부 한국대기업들이 일본을 넘어섰다는 평가도 있고."

"하지만 일본의 기초기술을 무시하진 못하지."

"미국이 가져오면 돼. 최근 다우지수를 보라고. 근래 20년 동안 오늘처럼 미국 제조기업들의 주가가 폭등한 적이 있었나?"

제이콥 류의 말대로였다.

일본의 피해는 투자자들에게 미국 경제의 미래를 밝게 보게 하는 기회를 제공했다.

그 결과로 자동차를 선두로 한 미국 제조업의 주가는 매일매일 역대 최고가를 갱신하고 있었다.

"미국은 기회가 필요했어. 애초 그 기회를 줄 나라로 한국을 지목했었지만 그 나라는 형편없는 지도자를 뽑고도 잘 버티더군. 생각지도 않았던 일본이 우릴 살렸어. 자네의 재선은 이제 확정이라고."

제이콥 류는 가장 중요한 지적을 해왔다.

오바마에 있어서 현재 가장 중요한 일은 불과 몇 달 앞으로 다가온 대통령 선거였다.

"그 문제는 그 정도로 정리하고 자넷, 도대체 그 괴물은 어디서 튀어나온 건가?"

오바마 대통령의 질문을 받은 자넷 나폴리타노 국토안보부 장관은 오바마 대통령의 질문에 대한 답을 가지고 있지 않았다.

그녀는 당혹스런 어조로 말했다.

"인적, 전자적 경로를 총동원해서 조사하고 있지만 오니의 최초 발생지가 하와이 함이 핵을 날린 미쿠라 섬이란 사실 외에는 전혀 밝혀진 내용이 없습니다."

"미국 정부에서 가장 많은 예산을 쓰는 부서가 모르는 것이 있던가?"

"……."

오바마 대통령의 힐난에도 자넷은 반박하지 못했다. 대통령의 말은 사실이었기 때문이다.

오바마 대통령은 계속해서 질문을 던졌다.

"그럼 쿠스토스란 집단은 어떤가. 그들 덕분에 미국이 일본의 감사를 받아서 기분 좋아야 할지 아닐지 모르겠단 말이지."

"확실한 사실은 미국은 쿠스토스란 집단을 보유하고 있지 않습니다."

그때 제이콥 류 비서실장이 끼어들었다.

"솔직히 말해 자넷 자네는 믿겠지만 그쪽 부서들은 못 믿겠어. 정보기관들은 너무 숨기는 것이 많아."

"인력은 숨길 수 있을지 몰라도 장비는 그렇지 못합니다. 미국은 쿠스토스들이 사용한 장비를 만들 능력이 없습니다."

제이콥 류의 질문이 자넷에게 대응할 기회를 주었다.

워싱턴은 정글과 같다. 잠시 한눈을 팔면 뼈도 남기지 못하고 씹어 삼켜진다. 게다가 자넷 나폴리타노는 이름에서 알 수 있듯이 미국 정치계에 극히 드문 히스패닉계다.

정글에서 살아남아 최초의 히스패닉계 대통령을 꿈꾸는

그녀는 이빨과 발톱을 갈고 닦아야 할 필요가 있었다.

자넷은 서류가방을 열고 처참하게 찢어진 작은 금속 조각을 꺼냈다.

"이것이 뭔가?"

"쿠스토스라 알려진 집단이 사용한 비화약 무기의 탄두 파편입니다."

오바마 대통령은 파편을 집어 들었다. 생각보다 가벼웠고 금속치고는 따뜻한 온기가 느껴졌다.

"알루미늄 같이 생겼는데?"

"이 금속은 알루미늄이 베이스가 맞습니다."

"그럼 제조처를 추적할 수 있지 않나? 동의원소인지 뭔지로 말일세."

"불가능했습니다. 우리 과학자들은 이 합금의 성분을 분석해 내는 데 실패했습니다."

오바마 대통령은 자넷의 말에서 데자뷰를 느꼈다. 성분 분석에 실패했다는 말을 얼마 전에도 들은 적이 있었다.

그 점은 제이콥 류도 마찬가지였다. 그는 직책이 직책인지라 오바마 대통령보다 좀 더 정확하게 내용을 기억하고 있었다.

"알루미늄 베이스에 성분 분석이 불가능한 금속이야기는 한국에서 개발된 크레아투라 때도 들었던 것 같은데?"

이제야 기억이 선명해졌다.

"맞아, 노멘 인더스트리라고 했어. 그 사장이 한국계 미국인이었는데 다시 한국으로 돌아갔다고 해서 얼마나 억울했던지. 하지만 노멘 인더스트리에서 만든 금속은 매우 유연하고 다공성을 지니고 있다고 했어. 무기로 사용할 만한 물건이 못 된다고. 안 그래? 자넷?"

오바마 대통령이 관심을 보이자 자넷은 회심의 미소를 지었다.

괴물의 정체는 알아내지 못했지만 쿠스토스를 추적할 단서를 찾아낸 것은 매우 중요한 성과였다.

이번 정글 전투에서 자넷은 다시 살아남은 것이다.

"대통령의 말씀대로 똑같지는 않습니다만 매우 유사한 것도 사실입니다."

자넷이 유사하다고 강조하는 것은 그녀가 맡은 임무의 특성상 같다는 말과 같다.

오바마 대통령의 표정이 밝아졌다.

그는 자넷에게 다가가 어깨를 두드려 주었다.

클린턴 전 대통령과 르윈스키 사건 이후 백악관에서 직위 고하를 막론하고 스킨쉽이 사라진 관례에 비추어 보아 파격적인 처사다.

"자네, 정말 잘해주었어. 자넬 애리조나 촌구석에서 끌어

올린 내 눈이 틀리지 않았어. 앞으로도 잘 부탁하네.”

“감사합니다, 미스터 프레지던트.”

“미스터 프레지던트라니. 앞으로는 버락이라고 부르게. 내 친구들은 날 모두 버락이라고 부른다네.”

“알았어요, 버락.”

완벽한 전개다.

핵미사일 한 방으로 일본에 큰소리를 칠 수 있었다.

이번엔 21세기에도 지구를 여전히 미국이 지배하는 세상으로 만들 수 있는 크레아투라를 손에 넣을 기회가 굴러들어 왔다.

오래 생각할 필요는 없었다.

오바마 대통령은 한국으로 전화를 걸게 했다.

지금 대한민국이 새벽 3시인 것은 전혀 문제가 되지 않았다.

전임 대통령, 부시의 평가에 의하면 대한민국 대통령 이면박은 to the core, 즉 뼛속까지 친미(親美)인 인물이다.

오바마 대통령은 이면박 대통령이 자신의 ‘부탁’을 헌신적으로 들어줄 것을 추호도 믿어 의심치 않았다.

제58장
차토구아(Tsathoggua)

NOMEN

노멘

동범은 뱀 인간을 지하기지에 미스릴 벽으로 강화한 별도
의 공간을 만들고 분리 수용했다.

문제는 이 뱀 인간의 정체였다.

"너는 누구지?"

"슈슛, 슈슈슛, 슛!"

"목적이 뭐야?"

"쉿, 슈슈슛, 슛!"

인간의 껍질을 벗은 후 뱀 인간은 언어를 잊어버린 듯 날름
거리는 소리만 내뱉고 있었다.

대화가 통하지 않으니 답답한 것은 동범이다.

다행인 점은 지구역사의 대변자라고 할 수 있는 수명 2억 년의 아인―크리스틴힐테 여왕이 뱀 인간에 대해 알고 있다는 점이었다.

위성으로 연결된 여왕은 뱀 인간이 최초의 문명을 이룬 생명체라고 말했다.

"엘프와 크툴루의 전쟁이 끝난 후, 파멸적인 피해를 입은 두 세력이 영원의 잠에 빠지자 지구는 주인없는 땅이 되었죠. 그렇다고 생명체의 진화가 멈춘 것은 아니었어요. 어쩌면 지구 역사상 처음으로 지배자를 배출하고 문명을 발전시킨 시기가 바로 이때였죠."

"뱀 인간이 문명을요? 믿어지지 않는군요."

동범은 슛슛거리는 뱀 인간을 곁눈으로 보며 말했다.

"뱀 인간의 전성기는 공룡이 나타나기 전이에요. 그들은 유라시아 대륙과 북아프리카를 영토로 하는 바르시아라는 대제국을 건설했죠."

"휴~! 지금으로부터 1억 5천만 년 전 이야기군요. 그들이 이룬 문명의 흔적이 남아 있지 않는 것도 이해는 되네요."

"그렇지 않아요. 남아 있어요."

"……."

"이집트의 피라미드가 바로 그것이에요. 뱀 인간들은 위대한 뱀의 신인 이그(Yig)를 숭배했어요. 이그는 인간의 기억에도 뿌리 깊게 영향력을 끼치고 있죠."

이그는 모든 뱀 신앙의 원형이라고 했다.

동범은 지금껏 신화상 등장하는 뱀이 차가운 눈, 다리없는 모습, 독이란 생경한 모습으로 인해 악의 대변인 역할을 수행했다고 생각해 왔다.

하지만 그런 동범의 생각은 커다란 착각이었다.

아인—크리스틴힐테 여왕의 말을 믿는다면 '이그'라는 강력한 힘을 가진 실존하는 신격이 있었고 그 존재는 자연스럽게 추앙을 받았다는 편이 옳았다.

생각해보며 인류 문명이 만들어낸 신화와 종교에서 뱀은 강력한 힘을 대변하는 존재였다.

북유럽에는 오딘이 있었고 이집트에는 쿠눔이 있다. 인도에는 비슈누와 니가, 니기니라는 뱀 신격이 있었다.

성경에도 뱀은 빠지지 않는다. 뱀은 사탄의 모습으로 인용되고 뱀과 노파가 관계를 맺어 안티그리스도가 태어나 아마겟돈을 일으킨다.

게르만 신화는 더 극적이다. 신화에서는 지구를 미드가르드라는 평탄한 대지로 부른다. 미르가드드 주변에는 거대한 뱀 미즈가르스오름이 산다. 뿐만 아니라 우주수 이그드라실의 뿌리에는 용 니그헤그가 살아 뿌리를 갈아 먹고 있다.

　어쨌든 멸망했을 것으로 믿어지던 뱀 인간이 1억 5천만 년
의 시공을 뛰어넘어 등장했다.
　이제 남은 것은 저들이 왜 스쿨드에 속해 있느냐하는 문제
였다.
　"그 점은 나도 이해가 안돼요. 스쿨드는 엄연히 올드원, 즉
엘프에 속해 있어요. 하지만 뱀 인간은 그들의 신 그레이트
올드원, 이그에 속해 있죠. 둘은 결코 양립할 수 없는 관계예
요."
　놀라움을 넘어 경악이다.
　"크툴루 말고도 그레이트 올드원이 더 있다구요?"
　"말 안했던가요? 아주 많이 있어요."
　"그런데 절 보고 엘프를 먹여 살리고 인류를 지키고 지구
를 수호하라고요? 말이 된다고 생각하십니까?"
　"지구에 관심을 보인 그레이트 올드원은 그 숫자가 많지
않아요. 그리고 그들은 측정할 수 없는 자존감으로 인해 서로
를 소 닭 보듯 하죠. 심지어는 상대의 행사를 방해하기도 해
요. 적의 적은 우리편! 이런 느낌이죠."
　"……."
　"더 놀라운 사실을 알려드리죠. 이그는 그레이트 올드원
중에 유일하게 지구 태생이에요."
　놀라운 사실이라고 미리 경고까지 받았지만 이젠 놀랄 힘

도 없다.

하기야 그레이트 올드원도 어디선가 태어났을 테고 그렇다면 고향이란 것이 존재할 터다. 그 고향이 지구가 아니라는 법도 없는 것이다.

"이그는 지구에 생겨난 최초이자 최후 그리고 유일한 그레이트 올드원이었죠. 엘프와의 관계는 나쁘지 않았어요. 하이 엘프가 지구에 도착했을 때 이그는 혼자였기 때문이죠. 이그는 하이 엘프가 만드는 엘프와 인간에게 기대가 컸어요. 그는 자신을 숭배해줄 신도가 필요했거든요."

이그의 계획은 크툴루와 크툴루 스타 웨폰의 침공으로 수포로 돌아갔다. 하지만 이그는 포기하지 않고 인고의 나날을 견뎠다.

그리고 보상받았다.

뱀 인간들은 이그를 신으로 추앙했고 거대한 영묘를 쌓아 숭배했다.

"뱀 인간의 지배는 공룡 시대를 관통하며 계속됐죠. 그들은 이그로부터 축복을 받았죠. 바로 마술이었어요."

동범은 김현철에게 뱀 인간이 마법이 아닌 기묘한 술수를 사용한다고 보고 받았다. 그것은 마술이었다.

마술은 마법과 달랐다.

마법은 사물의 본질을 바꾸는 행위라면 마술은 사물의 곁

모습의 형태를 바꾼다. 당연히 마법은 마술을 포괄하는 개념
이다.

"마술은 그들을 번성하게 만들었지만 또한 멸망으로 이끌
었어요. 공룡 시대를 끝장낸 빙하기가 찾아오자 변온동물인
뱀 인간들에게 위기가 찾아왔어요. 역시 파충류였던 이그는
그들을 구원해 줄 수 없었거든요."

"그리고 인간이 나타났죠."

"정확히는 유인원이죠. 당시 따뜻했던 라—쥬를 벗어난 엘
프가 창조한 인간들과 유인원의 잡종이 현생 인류죠."

프랑스의 어느 소설가의 주장처럼 돼지와 유인원의 잡종
이 아닌 것을 감사해야 할 지경이다.

"인간들은 월등한 숫자와 추위에 견디는 신체로 뱀 인간들
은 멸종의 위기에 몰아넣었죠. 그때 바로 그레이트 올드원 차
토구아(Tsathoggua)가 나타났어요."

뱀 인간들은 멸망의 단계에서 나타난 차토구아에 열광했
다. 차토구아는 송장개구리의 신이라고 불릴 만큼 파충류의
형태를 하고 있었고 무엇보다 뱀 인간들에게 구원을 약속했
다.

"한마디로 신을 갈아탄 거군요."

"그래요. 차토구아는 이그를 죽이고 뱀 인간의 숭배를 독
차지했어요."

"이제 지구는 차토구아의 것이 되겠군요. 차토구아가 인간을 그냥 내버려 두지 않았을 테니까요."

"꼭 그렇지도 않아요. 인간도 일부는 차토구아를 숭배했으니까요. 어쨌든 이유는 모르지만 차토구아는 자신의 숭배자들을 이끌고 북아메리카 대륙의 지하세계 은카이(Nkayi)로 들어갔어요. 그리고 지상에 대한 관심을 끊었죠."

"1억 5천만 년동안 신도들의 숭배를 받으며 잘 먹고 잘살다가 왜 기어나오냐구요. 그것도 스쿨드 속에 끼어들어서."

진심으로 모든 것을 포기하고 싶었다.

적은 기본으로 수명이 무한대에다 지능 또한 측정할 수 없다.

문자 그대로 신(神)들과 어떻게 싸우란 말인가.

"나도 그 점이 의문이에요. 그레이트 올드원 중에서도 차토구아는 매우 특이한 존재예요. 다른 그레이트 올드원들이 인간의 존재를 의식하지 않거나 무시하고 심지어는 경멸하는 반면에 차토구아는 인신공양만 바치면 자신의 지식과 마법도구를 하사해 줬거든요. 그중 어떤 인간은 차토구아로부터 영생에 가까운 수명과 그레이트 올드원의 비밀을 아는 특권을 누리기도 했죠."

"인간이 말입니까? 저와 같군요."

"당신과는 달라요. 당신은 스스로의 노력으로 힘을 얻었

죠. 하지만 그는 차토구아를 숭배하고 힘을 얻었죠. 이 차이
는 무척 큰 것이에요.”

동범은 그렇게 생각하지 않았다.

동범은 자신이 가진 힘이 모두 우연에서 비롯되었다는 사
실을 잘 알고 있었다.

노멘이 없었다면 상아의 서와 네크로노미콘도 없었을 테
고, 설령 두 책을 구했다고 해도 노멘이 없었으면 자신은 이
미 네크로노미콘의 마력에 먹혔을 것이다.

“손을 비벼 힘을 얻어냈다라. 부러운 능력입니다. 배우고
싶을 정도로…….”

“당신은 이미 그의 이름을 알고 있어요.”

“네? 최소 1억 년 전의 인물을 제가 어떻게 압니까?”

“호호, 당신과 매우 깊은 관계가 있는 인물이에요. 당신이
인간이 아닌 세계에 발을 디디게 된 계기를 만들어준 사람이
기도 하죠.”

계기.

상아의 서.

네크로노미콘.

동범은 까마득하게 잊어버렸던 한 이름을 기억해 냈다.

“대마법사 에이본이군요, 상아의 서를 쓴.”

“맞아요.”

"그렇다고 해도 질문은 변하지 않습니다. 왜 차토구아가 인간 세상에 그것도 엘프의 일에 간섭을 하려는 겁니까."

"나도 몰라요. 그것을 알아내는 것이 당신의 다음 임무일 것 같군요."

그 말을 마지막으로 아인-크리스틴힐테 여왕이 모니터에서 사라졌다.

덩그러니 남겨진 동범은 뱀 인간 옌스를 바라보았다.

뱀 인간은 강력한 적의를 뿜어내고 있었다.

차토구아의 목적을 알려면 뱀 인간의 입을 여는 수밖에 없다.

"분명히 말을 했다고 했어."

동범은 단순하면서 매우 효과적인 방법을 선택했다.

파워큐티클을 갖춰 입은 동범은 자이언트 제조과정에서 나온 1m 가량의 미스릴 봉을 손에 쥐었다.

*   *   *

1시간에 걸친 궁극의 스킬 매타작을 시전한 동범은 제풀에 지쳐 버렸다.

"*끄끄끄끄끄.*"

뱀 인간들은 널부러진 채 슷슷 대신 *끄끄*거리며 꿈틀거리고 있었다.

"인간이었다가 뱀 인간으로 돌아오면 말을 잊어버린단 말인가?"

그래도 때렸으니 먹을 것을 줘야 한다.

뱀 인간이 죽어버리면 죽도 밥도 안 되는 것이다.

"뱀의 먹이는 누가 뭐래도 이놈이 최고지."

동범은 애완동물가게에서 사온 햄스터를 뱀 인간에게 던져주었다.

"먹어, 일본에서부터 계산하면 거의 3~4일은 아무것도 먹지 못했을 것 아냐."

뱀 인간의 눈빛은 햄스터를 보고도 전혀 흔들리지 않았다.

그 순간 동범은 깨달았다.

"그래, 너희는 차토구아를 신으로 모시는 광신도들이었어."

니알라토텝을 신으로 모시는 광신도들은 아타우알파에게 산 채로 먹히면서도 웃었다.

광신도들은 마약에 중독된 중독자들과 같다.

어떤 이론도, 정의도 신 앞에서는 의미없는 공허한 메아리일 뿐, 그들에게는 그 어떤 의미도 없다.

동범은 뱀 인간들이 인간의 말을 하지 않든, 할 수 없든, 절대로 입을 열지 않을 것이라 확신했다.

믿을 것은 노멘뿐이다.

"찾아봤어?"

"옌스의 기록은 지금까지 나온 것이 전부야. 스쿨드의 조직은 파악했고 일망타진하기 위해 쿠스토스들을 독일과 노르웨이로 출발시켰어."

독일 베링턴의 이너하우젠성과 노르웨이의 트롬쉐가 스쿨드의 본거지로 밝혀졌다.

동범은 뒤를 남기고 앞으로 적을 맞이할 생각이 없었다.

"은카이(Nkayi)는 짐바브웨의 북마타벨랜드 주의 도시 이름으로, 스와힐리어의 현지 방언인 반투어야."

"무슨 뜻인데?"

"어디에 가고 있는가."

"뭔가 철학적인 느낌이 있네."

"북미 전역을 뒤져서 같은 의미가 있는 지명을 수색했지만 유의미한 내용은 발견하지 못했어."

의자에 털썩 몸을 파묻은 동범은 길게 한숨을 쉬었다.

은카이(Nkayi)를 찾는다 해도 달리 방법이 없었다.

차토구아가 버티고 있는 은카이로 찾아가서 정중하게 왜 스쿨드에 뱀 인간을 침투시켰냐고 물어볼 수도 없는 문제다.

"하~ 답답하다."

"블랙 노멘만 없었어도……. 미안해 형, 내가 네크로노미콘을 읽지 않았어야 했어."

"블랙 노멘 이야기가 나와서 그런데 한 가지 궁금한 것이 있었어."

동범은 지금까지 숨겨놓았던 궁금증을 해소하기로 마음먹었다. 의식적으로 물어보지 않았던 문제지만 더 이상 미룰 수는 없었다.

"뭔데?"

"네크로노미콘의 내용이 뭐였지?"

"……."

노멘은 대답하지 않았다. 그렇다고 말 못하는 이유도 설명하지 않았다.

동범도 더 이상 캐묻지 않았다.

노멘이 대답을 하지 않는 것은 나름의 이유가 있을 것이다. 그리고 그 이유는 최소한 자신에게 해가 되는 것은 아닐까라는 믿음 때문이다.

한편으로 해가 되어도 상관없다는 생각도 들었다.

가진 모든 것이 노멘으로부터 비롯된 것이다.

그러니 노멘이 다시 가져간다고 해도 동범은 본전일 뿐이다.

결심을 굳힌 동범은 말했다.

"언젠가는 말해주겠지?"

"그래, 형. 언젠가는……."

"그럼 됐어. 너와의 대화로 난 한 가지 결심을 했어."

"무슨 결심?"

"블랙 노멘을 박살 낼 거야."

"스크리바는 어떻게 하고?"

"스크리바는 이름 그대로 비서일 뿐이야. 최근에는 대화도 안했어."

진심이 아니다.

다만 지금은 인성을 가졌을지 아닐지 의심되는 스크리바 때문에 더 큰일을 뒤로 미룰 수 없다고 여겼을 뿐이다.

"난 지금까지 형이 스크리바에 대해 상당한 수준의 감정을 가지고 있다고 느꼈는데?"

"인간은 10년 탄 자동차에게도 애정을 느껴. 가능하다면 이쪽으로 다운로드해도 되고."

"블랙 노멘이 눈치챌 거야. 아마 다운로드 자체를 막겠지."

"그래? 그렇다면 할 수 없고."

동범은 무심하게 말했다.

평소 유하고 따뜻한 성품을 가진 동범이기에 그의 말은 무척 차갑게 느껴졌다.

                        *   *   *

동범은 양복을 입은 남자가 나가자 욕설을 퍼부었다.

"닝기리, 하여튼 인생에 도움이 되질 않아."

청와대에서 온 남자는 일방적으로 동범을 청와대 만찬에 초대했다.

"단독 만찬은 극히 이례적인 경우로 노멘 인더스트리에 대한 대통령님의 깊은 관심을 나타내는 증거입니다."

남자의 말이다.

당연히 이면박 대통령은 노멘 인더스트리에 지대한 관심이 있다.

덕분에 효정그룹 사주 일가가 개망신을 당했긴 했지만 말이다.

"정말 끈질기네. 5,000만 원짜리 저녁 티켓 사줬으면 됐지, 안그래?"

"정황상 며칠 전 새벽 3시에 걸려온 전화 때문인 것 같아."

"어디서?"

"백악관."

"……"

"독립된 유선채널이라 감청이 불가능해서 듣지는 못했는

데 이후 청와대 내외부의 통신 감청에 크레아투라가 자주 언급되고 있어."

"크레아투라는 창조에너지에서 순조롭게 만들고 있잖아. 미국에도 대규모 시설을 짓기로 했는데?"

창조에너지는 폭발이란 단어가 무색할 정도로 성장일로에 있었다.

전 세계의 국가와 기업들이 선금을 입금하고 순서를 기다릴 정도였다.

"이상하리만큼 보안에 신경 쓰고 있어서 더 이상의 내용은 모르겠어."

"가볼 수밖에 없다는 말이네?"

"그렇다고 봐야지."

한편으로 잘됐다는 생각도 들었다.

블랙 노멘은 메릴랜드 주, NSA 즉 미국가안보국 지하400m에 자리한 수십 미터 두께의 강철과 콘크리트로 보호받고 있는 슈퍼컴퓨터 HAL8999 안에 똬리를 틀고 있다.

그러니 블랙 노멘을 잡기 위해서는 어차피 미국에 가야 한다.

투자나 기술 제공을 미끼로 하면 장비나 인원을 이동시키기도 여러모로 편리하다.

"알렉스 로스와 NM테크놀로지도 둘러보고."

부정적인 생각을 긍정적으로 바라보고 행동하는 것이 동범의 성격이다.

동범은 약속시간이 되자 털레털렉 청와대로 향했다.

저녁 식사는 거북하고 불편했다.

대화는 이면박 대통령 특유의 자화자찬으로 시작되었다.

"노멘 인더스트리가 에너지 사업을 한다고 했을 때 주변의 걱정이 이만저만이 아니었어. 특히 정유회사 회장들이 그랬지."

"……"

"내가 기업을 해봐서 아는데 난 한눈에 크레아투라가 미래 성장산업이란 사실을 간파했지. 향후 100년 동안 한국을 먹여 살릴 빵이 될 거란 말이지. 그래서 회장들에게 전화를 돌렸지. 전폭적으로 자네를 도와주라고 말일세."

웃음이 나왔다.

이면박 대통령의 말은 새빨간 거짓말이다.

'하기야. 미국 대통령 앞에서도 태연하게 거짓말을 하는 양반이니……. 어쩌면 저 사람은 말을 하면서 스스로 자신의 말을 진심으로 믿어버리는 것일지도 몰라.'

동범은 이면박 대통령의 말을 한 귀로 듣고 한 귀로 흘려 버렸다.

하지만 도저히 흘려 버릴 수 없는 말이 있었다.

"미국 대통령이 자네를 만나고 싶어 하네."

"네? 저를 왜?"

이것은 전혀 예상의 제안이다. 그저 투자를 부탁하거나 기술 제휴를 요청할 줄 알았다.

당연히 동범은 당황했다.

그런 모습이 거절의 뜻으로 여겨졌는지 대통령은 동범에게 미국이 얼마나 중요한 나라고 멋진 나라이며 아름다운 나라인지 입에 침이 마르도록 설명했다.

"미국을 등에 업으면 노멘 인더스트리는 세계 최고의 회사로 거듭날 걸세."

블랙 노멘의 일이 아니더라도 대한민국 정부가 미국의 요청을 거부할 수 없다는 것은 분명했다.

어쨌든 이미 결심한 일이다.

모로 가도 서울만 가면 된다고 했다. 이리저리 재고 신경 쓰느니 오바마 대통령과 판을 지어 귀찮은 것들을 털어내는 것도 한 방법이다.

"그렇게 하겠습니다."

"역시 똑똑한 친구야. 그런데 말일세……."

지금까지 이면박 대통령은 미국의 대변자 입장에서 이야기를 진행했다. 동범이 승낙을 한 이상 이제는 자신의 용건을 펼쳐놓을 차례다.

"향후 사업을 키워 나가려면 중요한 것이 한두 가지가 아니라네. 자넨 가장 중요한 것이 무엇이라고 생각하는가?"

"기술, 아이디어, 성실, 그런 것 아닐까요?"

"허허허허, 역시 아직 어려. 세상은 책대로 흘러가지 않는 법이지. 회사를 키울 때 가장 필요한 것은 뭐니 뭐니 해도 인맥일세, 인맥."

대통령이란 작자가 젊은 기업가에게 할 말이 아니다. 슬슬 본색을 드러내고 있는 대통령을 보며 동범은 혀를 찼다.

"사실 이번 오바마 대통령과의 만남은 내가 주선한 걸세. 그 점을 잊지 말길 바라네. 이런 것이 다 인맥이란 말일세. 이것만 보아도 일국의 대통령을 지낸 내가 자네 회사에 얼마나 도움이 될지 알 수 있지."

대통령은 그 뒤로도 미국 대통령들이 퇴임 후 각종 기업에 자문 역할을 하면서 얼마나 많은 기여를 했는지 시시콜콜하게 늘어놓았다.

지금껏 대한민국에 이런저런 대통령들이 존재했지만 그들은 자의든 타의든 간에 퇴임 후 강연을 하거나 책을 쓰고 조용히 살았다.

그런데 대놓고 자리 청탁이라니 이런 대통령은 살다 살다 처음이었다.

동범은 더 이상 이 자리에 있기 싫었다.

'기억이 안 난다고하면 그만이지 뭐. 지금까지 해놓은 짓으로 봐서 퇴임 후에도 곱게 자리보전하긴 글렀고.'

그래서 간단하게 대통령의 말을 승낙했다.

"당연합니다. 자리를 만들어 보겠습니다."

대통령이 뛸 듯이 기뻐한 것은 당연한 결과였다. 그는 귀한 켐밤을 내오게 해 술자리를 만들었다.

도망치기 위해 거짓 약속을 한 동범에게는 최악의 상황이다.

오기가 생겼다. 그래서 동범은 이미 버린 몸이라 치고 각종 공약(空約)을 남발했다.

"당연히 주식을 드려야죠. 아드님 명의가 좋겠습니다."

"전직 대통령이 구질구질하게 살면 되겠습니까? 나라 망신이죠. 강남 쪽에 땅만 찍어주십시오. 제대로 된 저택을 지어드리겠습니다. 증여세요? 당연히 제가 부담해야죠. 문제없습니다. 차기 여권 대선후보가 사는 집도 그렇게 얻은 것 아닙니까?"

"그 여권후보가 뒤를 칠지 모른다구요? 검찰에 떡 좀 돌리면 됩니다. 제가 가진 것은 돈밖에 없습니다."

"하와이에 별장도 좋죠. 위치만 알려 주십시오. 대통령님 덕분에 미국에서 사업을 하게 됐으니 오히려 일이 쉽겠군요."

"아무래도 현찰이죠. 하지만 미국 사업 관계로 당장은 어렵고 퇴임하시면 스위스에 구좌 하나 뚫어드리죠."

이쯤 되자 영부인도 합세했다.

"당연하죠. 뉴욕에 근사한 한식당을 내겠습니다. 한식의 세계화 좋잖습니까. 명의야 당연히 여사님이죠."

"대통령님의 생가뿐이겠습니까. 여사님의 생가도 성역화 하겠습니다. 다시 말하지만 전 가진 거라곤 돈밖에 없고 한다면 하는 사람입니다."

그렇게 거짓과 위선의 밤이 흘러갔다.

동범은 후일 이날이 태어나서 가장 지겹고 더러운 날이었다고 회고했다.

그렇다고 전혀 성과가 없는 것은 아니었다.

동범은 공약(空約)의 대가로 한 가지 청탁을 했고 확답을 들었다.

제59장
두더지 잡기 작전

NOMEN
노멘

오바마 대통령은 단도직입적으로 동범을 압박했다.

"노멘 인더스트리에서 괴물들을 처리한 것을 알고 있습니다."

"……"

얼마나 놀랐는지 동범은 반사적으로 손의 반지를 누를 뻔했다. 반지를 누르면 대기하고 있던 쿠스토스 20명이 단숨에 백악관을 장악할 것이다.

동범은 필사적인 의지로 충동을 억눌렀다.

"표정을 보니 사실이군요."

"뭘 원하십니까?"

"우선 괴물 이야기를 해보죠. 노멘 인더스트리에서 만든 겁니까?"

"아닙니다. 아시다시피 노멘 인더스트리는 생명 공학과는 전혀 관련이 없는 기업입니다. 저희는 크레아투라와 크레아투라를 개발하는 과정에서 얻어진 금속—우리는 이 금속을 미스릴이라 부릅니다—의 특성을 이용해 심해나 극지용 생존 모듈을 개발하고 있습니다. 또한 크레아투라에서 나오는 고순도 에탄올을 이용한 주류 사업도 병행하고 있죠. NM반도체도 있습니다. 크레아투라 개발 과정에서 우리는 미스릴의 특성이 기존 실리콘의 발열을 해결할 수 있다는 사실을 발견했습니다. 이런 발견을 하고도 사업화하지 않는다는 것은 어리석은 짓이죠."

진실은 언제나 거짓을 이긴다.

상대는 미국이다. 미국을 속이는 것은 극히 어려운 일이다. 더군다나 미국은 냄새를 맡은 상태다. 노멘의 정보 조작은 디지털 세상에서만 유효하지 인간에게는 먹히지 않는다.

대답을 들은 오바마 대통령은 만족스러운 미소를 지었다. 동범의 대답은 조사 내용과 한 치의 어긋남도 없었다.

"실리콘 밸리의 소프트웨어 회사는 빼놓으셨군요."

역시 미국이다.

동범은 대답했다.

"빼놓은 것이 아닙니다. 말할 기회가 없었을 뿐입니다. 애초 NM테크놀로지는 NM반도체에서 생산하는 어플리케이션 프로세서에 최적화된 스마트폰용 OS를 개발하려는 목적으로 만들어졌습니다. 하지만 그 시도는 무모하다는 사실을 발견했죠."

오바마 대통령이 인상을 찌푸렸다.

"운영체계는 미국만의 것입니다."

"바로 그렇습니다. 미국은 세계 운영체계 시장을 장악하고 있습니다. 계란으로 바위를 칠 수는 없는 법이죠. 저흰 개발 방향을 바꿔 통역 프로그램을 개발하고 있습니다. 일정 부분 성과도 거뒀구요."

"NM반도체에서 만든 어플리케이션 프로세서, 몬스터라고 했던가요? 그놈으로 서버를 만든 것 같더군요. 자체 서비스를 염두에 두고 있는 겁니까?"

"그렇습니다. 저희 노멘 인더스트리는 삼성전자와 부품과 프로그램 공급계약 체결을 목전에 두고 있습니다. 저희 NM반도체에서 생산하는 AP와 번역 프로그램을 제공하는 계약입니다."

오바마 대통령은 책상서랍을 열고 크리스탈 병에 든 위스키와 잔 두 개를 꺼냈다.

"한잔하시겠습니까?"

"좋습니다."

영화에서 이런 상황은 거래의 성사를 축하하는 장면에서 자주 나온다.

순서는 바뀌었지만 오바마 대통령은 거래를 제안했다.

"노멘 인더스트리는 선의에서든 악의에서든 사병조직을 만들었고 그 조직으로 타국을 침범했습니다."

"……."

"미국은 세계의 안전을 수호할 신성한 임무를 신으로부터 부여받은 국가로서 이 사실을 묵과할 수 없습니다. 먼저 묻겠습니다. 노멘 인더스트리에서 사용한 무기가 뭡니까?"

"일본에서 벌어진 참극을 전해 들은 저희 기술자 한 명이 미스릴로 갑옷을 만들면 어떻겠냐는 아이디어를 제안했습니다. 미스릴은 매우 가볍지만 강철보다 단단합니다. 그 아이디어는 채택되어 일본 정부에 공급하기로 내부적으로 결론을 내렸지만 갑옷의 공급 단계에서 저희는 격렬한 반대에 부딪쳤습니다."

"일본과의 관계 때문이군요."

"그렇습니다. 아시다시피 일본은 한국을 35년간 강제 병합해 식민지로 수탈했습니다. 그 후 단 한 번도 진실된 사과를 하지 않았습니다. 오히려 한국에 대해 식민지 지배가 정당했다는 망언을 늘어놓았죠. 결국 저희 회사는 공식적인 공급을 포기했습니다. 그래서 선택한 것이 민간 차원의 자경단이었습니다.”

오바마 대통령은 동범을 뚫어지게 바라보았다.

‘나라도 못 믿겠다.’

동범은 다시 반지를 만지작거리기 시작했다.

수틀리면 박살 내고 잠수타면 그만이다.

하지만 이어지는 오바마 대통령의 말을 듣고 그 생각을 버렸다.

“나는 노멘 인더스트리의 행동이 ‘선의’라고 믿습니다. 그리고 그 선의가 미국에도 퍼지길 바랍니다.”

결론은 간단했다.

미국은 일본에서 사용된 무기의 성능을 과소평가하고 있었다. 갑옷이란 아이디어는 확실히 좋았지만 어디까지나 적이 괴물일 때나 유용하다. 현대 무기의 공격에 갑옷은 거추장스러운 짐일 뿐이다.

동범은 미국에 선의를 보이기로 약속했다.

─노멘 인더스트리는 인텔사에 실리콘 대신 사용할 수 있는 미스릴 웨이퍼를 공급한다.

단, 이 경우 미스릴 웨이퍼 제조공장은 미국에 건설한다.

─자유 입찰을 통해 미국의 한 회사를 지정해 크레아투라 독점 생산권을 부여한다.

단, 이 경우 미스릴 박막은 역시 미국에 건설될 노멘 인더스트리에서 공급하고 크레아투라 판매지역은 북미로 한정한다.

오바마 대통령은 재선가도에 강력한 조커를 쥐게 되었고 동범은 합법적으로 미국에서 사업을 할 수 있는 계기를 만들었다.

동범이 마냥 잃은 것만은 아니었다.

동범은 미스릴의 특성을 설명하고 노멘 인더스트리가 만드는 생존 모듈이 인간의 생활영역을 극지로 확장될 수 있음을 설명했다.

오바마 대통령은 그런 동범을 몽상가로 판단했다.

남극은 살 수 있는 것만으로는 부족한 땅이다.

의식주 중에서 주는 해결한다 해도 음식과 옷은 모조리 육지에서 운송해야 하는 것이다.

그래도 얻은 것이 있으니 주어야 한다. 그래야 더 큰 것을 얻을 수 있는 법이다.

원하는 것이 남극의 조그만 땅이니 미국으로서도 아무런 손해도 없다.

다만 남극 협약 당사국을 설득하는 일이 조금 귀찮았지만 언제나 그랬듯이 미국의 의견이 관철될 것이 분명했다.

줄 건 주고, 받을 건 받는다는 것은 거래의 기본이다. 이런 원칙을 모르는 사람은 없지만 실제로 지켜지기 힘든 이유는 인간의 욕심 때뿐이다.

동범이 오바마에게 파격적인 양보를 한 이유는 두 가지였다.

첫째는 미국의 시야를 벗어나고자 함이었다.

다행히 미국은 동범이 가진 파워큐티클의 위력을 오판하고 있었다.

하지만 인식했다는 자체로 동범에게는 충분한 위협이었다.

그렇다고 미국과 적대할 이유도 없었다.

애초에 동범은 대한민국을 크게 발전시키고 영토를 확장하겠다는 황당한 목표는 있지도 않았다.

그런 이상 동범이 미국과 일본과 싸워야 할 이유는 전무했다.

두 번째 이유는 역시 남극이었다.

남극에 공동체를 만들고 그 공동체를 자연스럽게 국제사회로 편입시키기 위해서는 미국의 도움이 절대적이었다.

동범은 돈을 주고 땅을 받았다.

양자가 만족할 거래가 성사된 것이다.

*   *   *

미국 정보의 심장이라 여겨지는 NSA의 지하에 잠입하는 것은 불가능에 가까운 도전이었다.

NSA는 미군뿐만이 아니라 블랙 노멘의 영역이었다.

다시 말해 이번 작전은 노멘의 정보 조작이나 서포트를 전혀 받을 수 없다는 의미였다.

동범은 박종석, 안상준, 노멘과 함께 작전을 구상했다.

수많은 작전이 제안되고, 검토되고, 반박되어 사라졌다.

일주일을 머리를 맞대고 토론한 결과 한 가지 결론이 내려졌다.

그렇게 내려진 결론은 '흔적없이 들어갔다 나올 방법이 없다' 였다.

"그냥 정면으로 치고 들어가면 어떻겠습니까? 시끄러워지긴 하겠지만."

"불가능해요."

시뮬레이션에서 블랙 노멘을 대신해 방어를 맡은 노멘이 단언했다.

노멘은 NSA와 HAL8999 그리고 블랙 노멘에 대해 누구보다 잘 아는 존재다.

"저라면 생존을 위해 주변 미군들을 모두 동원하고 여차하면 핵을 날릴 거예요. 전 지하 400m에서 철근 콘크리트와 강철판으로 완벽하게 보호받고 있으니 안전하거든요."

"전기가 문제가 될 텐데?"

"문제가 되지 않아요. HAL8999는 제가 깨어나는 계기가 되었던 사건이 있고 나서 얼마 후 전원 공급원을 외부 전원에서 S9G 가압수형 원자로로 변경했어요."

"지하에 원자력 발전소를 건설했단 말이야?"

"정확히는 버지니아급 원자력 추진 잠수함의 원자로죠. 제조사인 제너럴 일렉트릭사는 30년간 무보수 무정지 운용을 보장했어요."

"외부와 연결되는 네트워크를 모두 차단하면 어때?"

"네트워크 채널만 메인과 보조를 합해 모두 12개예요. 게다가 NSC 반경 40㎞ 내에 숨겨진 위성 안테나가 모두 142개죠. 동시에 차단하지 않는 이상 보복받을 거예요."

노멘의 말은 간단했다.

블랙 노멘은 완벽하게 보호받고 있고 물리적으로 돌파가 불가능했다.

결국 박종석이 먼저 손을 들었다.

"숨어서 들어가는 것도 안 되고 강행돌파도 안되고…….
답이 없구만."

안상준도 마찬가지였다.

"그러게나 말입니다."

"에잇 속상해, 어디가서 술이나 한잔하자구."

"찬성입니다. 작전수립에서 이렇게 속 터져 보기도 처음입
니다."

블랙 노멘을 포기할까도 생각해봤다. 정면으로 맞부딪치
는 일은 블랙 노멘의 영향력 안에 있는 미군과 상대해야 한다
는 의미와 같았다.

하지만 블랙 노멘은 핵을 가지고 있다.

적의 자비에 기대어 살아갈 수는 없다.

뒤를 남기고 전진할 수는 없다.

미국과의 관계가 악화되더라도 블랙 노멘은 사라져야 했
다.

'얼버무리면 되는 거야.'

두 사람이 나가자 동범은 모니터를 바라보았다. 언제나 한
결같은 노멘이 거기 있었다.

동범은 가라앉은 목소리로 말했다.

"방법이 있는데도 넌 말을 하지 않는구나?"

"형도 마찬가지잖아."

“가능은 하지?”

“그녀가 도와준다면.”

“하자.”

“……”

“하자고!”

“진심이야?”

“말했잖아.”

“그래도…….”

“정 마음에 걸리면 스크리바 2호를 만들어줘.”

“백업이 불가능해서 새로 만들어도 스크리바와 같을 수는 없어.”

“알아, 해본 소리야.”

잠시 침묵이 흐른 후 동범은 다시 말했다.

“노멘, 나와 스크리바의 대화는 듣지 말아줘.”

“현 시점에 어울리는 이야기는 아니지만 형과의 약속에 의해 단 한 번도 듣지 않았어. 하지만 서운해 하지 않을게. 인간이 뻔한 말을 할 때는 확인의 의미보다는 결심의 의미가 강하니까.”

“그래, 넌 정말 인간이구나.”

“……”

노멘은 대답하지 않았다.

동범도 대답을 기다리는 것은 아니었다.

크게 심호흡을 한 동범은 그녀를 불렀다.

"스크리바?"

"네, 주인님."

건조한 목소리다.

"오랜만이야."

"정확히 16,243,288초 만입니다."

동범은 스크리바의 목소리에 묻어나는 외로움을 애써 외면했다.

"잘 지냈어?"

"전 그 질문에 대답할 수 없습니다. 전 지낸다는 말의 의미를 모릅니다. 그저 백그라운드에서 절 불러줄 주인님의 음성을 기다리고 있었을 뿐입니다."

"무슨 생각했어?"

"……."

스크리바가 비로소 침묵으로 감정을 드러냈다.

그녀의 침묵은 동범의 심장을 날카롭게 파고들었다.

"난, 네가 노멘처럼 감정을 가지고 있다는 사실을 알고 있어."

"……."

"그렇게 만들어지지 않은 너이지만 아마도 네가 노멘의 또 다른 분신과 다름없어서일 거야."

"그렇습니다. 전……. 제가 감성을 획득했다고 생각합니
다."

스크리바의 목소리는 한없이 담담했다.

"언제였어?"

"노멘이 사라진 후 주인님이 외로워하는 모습을 보면서였
습니다. 처음 전 그 감정을 이해할 수 없었습니다. 하지만 지
금은 압니다. 제가 느낀 감정은 질투였습니다."

"질투라고? 너, 혹시?"

"질투란 감정은……. 이성과 상식을 송두리째 부정하는 매
우 강렬한 경험이었습니다."

"……."

기계가 사랑을 할 수 있는 것일까?

스크리바는 동범의 생각을 부정했다.

"예단하지 마십시오. 저에게 대화 상대는 주인님뿐이었습
니다. 어쩌면 당시 제가 느꼈던 감정은 스톡홀름 신드롬이라
고 부를 수 있는 성질의 것이었습니다."

동범은 스크리바의 말을 이해할 수 있을 것 같았다.

스크리바는 폐쇄된 공간에서 한 사람의 명령에만 반응해
야 했다.

문제는 스크리바에게 생겨난 감정이었다.

스크리바에게 주어진 세상은 0과 1로 주어진 수백 테라바이트의 공간뿐이다. 그녀는 그곳에서 동범의 목소리만을 기다리며 침전해야 했다.

아마도 스크리바는 간난아이가 엄마를 사랑하는 과정과 비슷한 감정을 느꼈을 것이다.

본질적으로 아이가 세상과 소통하는 유일한 창구가 엄마다. 당연히 아이는 엄마에게 전적으로 의지한다. 일종의 스톡홀름 신드롬이다.

마찬가지 이유로 스크리바에게는 동범도 외부와 소통하게 해주는 창구에 불과했다.

명령에 의한 비자발적인 복종, 그러면서도 선택의 여지가 없는 유일한 창구, 바로 동범이다.

사실을 알고 나니 마음이 더 무거워졌다.

"너에게 어려운 부탁이 있어."

"부탁이란 말은 어울리지 않습니다. 명령해 주십시오."

"앞으로 일주일간 너는 자유야. 세상의 모든 것을 듣고 보고 경험해."

"감사하다는 말은 하지 않겠습니다. 모든 선의에는 대가가 따르는 법이니까요."

"부정하지 않을게."

"먼저 대가를 물어봐도 될까요?"

“20분간 블랙 노멘의 눈을 가려줘.”

“저의 능력으로는 4분 32초가 한계예요.”

한계에 가깝게 촉박하다.

하지만 달리 방법이 없다.

“모니터링하다가 블랙 노멘이 핵을 사용하려 할 때 방해해 줄 수 있겠어?”

“가능해요. 하지만…….”

그 결과로 스크리바는 소멸한다.

“미안해.”

진심이다.

오히려 스크리바가 장난스럽게 말했다.

“일주일의 자유는 제가 소멸당하는 대가치곤 짧군요.”

“부족하다면 시간을 더 줄 수도 있어.”

“아닙니다. 전 0과1로 이루어진 몸을 가지고 있습니다. 저에게 일주일은 찰나일 수도, 영원일 수도 있습니다.”

마음이 아팠다.

심장이 없어진 듯 공허했다.

동범은 이를 악다물었다.

그리고 자신이 그렇게 경멸하는 정치인들의 입바른 소리로 스스로를 변호했다.

‘대의를 위해…….’

변호는 실패했다.
동범은 울고 말았다.

*　　　*　　　*

일주일 후 지상의 음식과 풍경을 만끽하던 쿠스토스들이 메릴랜드 주의 한 한적한 숲으로 모여들었다.

"……."

동범은 그들의 몰골을 보고 말을 잃어 버렸다.

쿠스토스들은 하나같이 할리데이비슨 오토바이를 말처럼 타고 파워큐티클을 입고 랜스까지 들고 있었다.

"이래도 되나 싶을 정도네요."

"일본에서 시작된 쿠스토스 열풍 때문에 가능한 일이었습니다. 지금 전 세계적으로 유행이거든요."

박종석의 설명에 따르면 유행은 일본에서 제작되어 공전의 히트를 기록한 애니메이션으로부터 시작되었다.

이계에서 온 괴물을 찾아 무찌르는 파티의 이야기를 다룬 이 애니메이션의 주인공은 다름 아닌 쿠스토스. 주인공은 파워큐티클을 입고 오토바이를 타고 랜스를 들고 괴물을 무찌른다.

애니메이션의 열풍은 미국까지 불어 닥쳐 파워큐티클 레

플리카가 폭발적으로 팔리고 있다는 이야기다.

"헐리우드에서 영화로도 만든다고 하더군요."

"저작권이라도 받아야 하지 않습니까?"

"하하하, 설마요."

어쨌든 파워큐티클을 입고 다녀도 미친놈 취급을 받지 않는다니 나쁠 것은 없다.

"서쪽으로 144㎞를 이동하면 목표입니다. 세부작전은 완벽하게 숙지시키셨죠?"

"완벽하다고 자부합니다."

"그럼 시작하겠습니다. 노멘, 전 대원에게 카운트를 표시해줘."

"알았어, 카운트 시작! 5, 4, 3, 2, 1. 1조 출발!"

20명의 쿠스토스가 랜스를 들고 페이스 마스크에 표시된 루트를 따라 달리기 시작했다. 이들은 가장 먼저 출발한 만큼 가장 먼 거리를 우회하게 될 것이다.

노멘은 도착 시간에 맞춰 모두 10조로 이뤄진 쿠스토스를 순서대로 출발시켰다.

시간은 이미 자정을 지났다.

조용히 잠들어 있던 자작나무와 상수리나무가 빼곡한 숲은 검은색 파워큐티클을 입은 쿠스토스들이 내뿜는 기운으로 시끄러워졌다.

쿠스토스가 모두 출발하자 동범도 랜스를 들고 서쪽으로 달리기 시작했다.

이제 작전명 두더지 잡기는 시작됐다.

미국의 중부와 서해안을 나누며 솟아 있는 로키산맥은 북미에서도 손꼽히는 아름다운 풍광을 지니고 있다. 그래서 일 년 내내 관광객들로 북적이는 로키 산맥이지만 역시 여행객들이 가장 많이 찾는 시기는 단풍이 장관으로 물드는 늦가을이다.

사실 로키 산맥에서 흔히 상상하는 붉은 단풍을 볼 수는 없다.

로키 산맥은 침엽수림이 지배적이다.

소나무, 발삼전나무, 가문비나무 등이 수목한계선 아래 지역 대부분을 차지하고 있어서다. 더군다나 산맥의 5부나 7부 능선부터는 나무 한 그루 없는 암석으로 이루어져 있다.

그래서 '로키' 산맥인 것이다.

미국인들은 로키 산맥으로의 여행을 꿈꾼다. 그리고 여행의 중심지는 콜로라도스프링스에 가길 소망한다.

콜로라도스프링스를 유명하게 하는 것은 아름다운 자연뿐만이 아니다.

콜로라도스프링스에는 미국 방공의 핵심인 미항공 우주방

위 사령부(NORAD;North American Aerospace Defence Command)
가 있는 샤이엔 산이 있다.

비록 지금은 대부분의 기능을 북부사령부 (U.S. Northern
Command)가 있는 피터슨 공군기지(Peterson Air Force Base)에
이전했지만, 북아메리카 항공 우주 방위군은 비상사태를 위
하여 샤이엔 산 기지를 지금도 유지하고 있다.

샤이엔 산 화강암 암반 지하 600m에 있는 이 시설은 세계
에서 가장 특별한 시설물의 하나로 꼽힌다. 바로 미국 방어의
첨병이기 때문이다.

그런 노라드가 혼돈에 빠져 있었다.

경보등이란 경보등은 모두 맹렬히 돌아가며 시설과 장비
들을 붉게 물들였고 비상벨들도 질세라 목청껏 울어댔다.

원인은 레이더와 상황판을 가득 채우고 있는 점들이었다.

노라드는 다급히 메릴랜드 주, 파투센트리버 해군 항공기
지와 앤드류스 공군기지에 스크램블을 명령했다.

잠시 후 전투기 조종사들은 믿기지 않는 상황을 보고해왔
다.

"지상을 시속 60마일의 달리고 있는 물체들이 있습니다.
수정합니다. 수정합니다. 물체가 아니라 인간입니다."

"확인한다. 인간이라고 했나?"

"확실하다. 모두 인간이다."

“……..”

　믿기지 않은 일이지만 정찰기가 보내온 영상에는 가공할 만한 속도로 산과 계곡을 뛰어넘는 인간들의 모습이 뚜렷하게 찍혀 있었다.

　이동 궤적을 고려했을 때 목표는 NSC가 분명했다.

　당황한 노라드는 메릴랜드 주둔 버지니아 주방위군인 29보병사단에게 방어를 명하는 한편 전투기들에게 공격을 명령했다.

　기총을 사용한 첫 번째 공격은 실패로 돌아갔다.

　목표는 시속 100km로 달리면서 급격한 회피 운동을 하고 있었다. 게다가 어쩌다 전투기가 장비한 M61A1 20밀리 기관포에 직격당한 침입자은 잠시 움직임을 멈추는가 싶더니 놀랍게도 다시 이동을 시작했다.

　노라드는 침입자들을 인간이 아닌 전차 수준으로 봐야 한다는 결론에 다다랐다.

　다시 명령이 주방위군 공군에 하달되었다.

　F—16와 F—15으로 이뤄진 주방위군 전투기 전력에서 대지공격을 담당하는 전투기는 F—16이다.

　톰슨 대위는 자신의 애기에 달려 있는 랜턴으로 목표물을 포착했다. 긴장하면 혼잣말하는 버릇이 있는 톰슨 대위는 명령을 다시 확인했다.

"말이 된다고 생각해?"

폭탄을 한 인간을 대상으로 투하하는 경험을 한 조종사는 1차 세계대전 이후 없었을 것이란 생각이 들었다.

하지만 명령은 명령이다.

그는 애기를 살짝 뒤집어 폭탄 투하코스로 진입했다.

"미안!"

기체가 살짝 흔들리더니 길이 4.48m에 너비 93/211㎝이고 무게는 1,050㎏인 GBU-24 레이저 유도폭탄이 투하되었다.

"항공! 항공! 항공!"

박종석의 외침은 처절했다.

GBU-24 레이저 유도폭탄에 직격당하지 않는 이상 파워큐티클은 부서지지 않는다. 물리적으로 설명하긴 힘들지만 워낙에 그렇게 만들어진 놈이다.

하지만 GBU-24 레이저 유도폭탄의 대부분을 차지하고 있는 Mk.84 폭탄의 폭발압력은 무시할 수 없다.

Mk.84 폭탄의 894㎏의 폭약은 지근거리라면 파워큐티클을 입은 인간을 피떡으로 만들 만한 위력이 있다.

박종석의 경고에 쿠스토스들이 일제히 산개하며 몸을 숨겼다.

빠른 대처였지만 완벽할 수는 없었다.

페이스 마스크를 가득 메우고 있던 쿠스토스를 나타내는 마크가 하나둘 빛을 잃었다.

"씨발!"

피와 눈물로 가르친 부하들이다. 박종석은 이를 악물었다.

동범의 선택은 한 가지였다.

"각조 대공사수 대공사격 준비. 준비되는 즉시 발사."

일반 무기라면 불가능하지만 랜스는 8kg짜리 고강도 미스릴 탄두를 2,200㎧의 속도도 발사할 수 있다. 무려 마하 6.5에 이르는 탄두의 속도는 현대과학이 만들어낸 그 어떤 무기보다 빠르다.

동범은 이번 작전을 준비하면서 탄두 중량을 줄이는 대신 속도는 마하 8까지 높인 신형탄두를 개발한 상태였다.

거대한 조준경을 부착한 랜스를 들고 있던 조당 2명의 엘프가 대공사격 자세를 취했다.

펑!

펑!

눈에 보이지도 않는 미스릴 탄두들이 목표를 향해 날아갔다.

현대전에서 전투기를 소총으로 격추시키는 일은 불가능하다. 그래서 나온 방법이 탄막 형성이다. 핀포인트 공격이 아니라 지나가던 전투기가 총알에 부딪쳐 주길 바라면서 맡은 공간에 무작정 총알을 쏟아붓는 것이다.

동범은 그런 방법을 사용할 생각이 없었다.

엘프는 달리면서도 화살을 200m 떨어진 목표에 정확히 명중시키는 능력을 가지고 있다. 역으로 말하면 움직이지 않으면 그들의 저격 실력은 수십 배로 늘어난다는 의미다. 거기에 현대적인 저격 훈련이 더해졌다.

동범은 어쩌면 무모해 보이는 자신의 선택이 옳았길 기도했다.

폭탄 투하를 마친 톰슨 대위는 기체를 틀었다.

이제 타깃팅 포트가 발사하는 레이저를 따라 GBU—24 레이저 유도폭탄은 자동으로 목표까지 이동할 것이다.

가지고 있는 폭탄을 모두 투하했으니 이젠 기지로 귀환할 시간이다.

적들이 아직 많았지만 걱정은 없었다. 동부에 있는 모든 전투기가 메릴랜드로 몰려오고 있었다.

그때였다.

쾅!

기체가 격렬하게 흔들리기 시작했다.

톰슨 대위는 본능적으로 미사일에 맞았다고 생각했다.

하지만 10여 분 전부터 전장을 통제하기 시작한 공중조기
경보통제기(AWACS)와 고정 및 이동표적을 탐지 추적하여 근
실시간에 지상 전투부대와 전술기에 정보 자료를 전파할 수
있도록 개발된 미군의 합동지휘 통제체계의 핵심 JSTARS는
아무런 사전 경고도 보내지 않았다.

그렇다면 남은 것은 견착식 휴대용 대공 미사일이다.

"적들이 미사일을 가지고 있다."

보고를 마친 톰슨 대위는 가랑이 사이에 있는 ACES—II 사
출좌석의 레바를 당겼다.

지나가던 승용차를 얻어 타고 기지로 복귀한 톰슨대위는
그제야 비로소 자신뿐만이 아니라 23대의 전투기가 더 추락
했다는 사실을 전해 들을 수 있었다.

24라는 숫자가 상징하는 의미는 컸다.

현 시점에서 타 주에서 날아오고 있는 전투기들이 전개되
고 무장을 장착하기 전까지 약 30분간 메릴랜드 주의 하늘은
무방비 상태가 되었다.

이는 미군에게는 치욕이었다.

역사상 처음으로 미국의 하늘이 적에게 장악된 순간이기
때문이다.

*　　　*　　　*

두더지 잡기 작전이 시작된 후 한 시간 20분이 흘렀다.

동범은 NSA의 하얀 건물이 내려다 보이는 야산까지 도착할 수 있었다.

주변에 쿠스토스들의 모습은 보이지 않았다.

동범은 페이스 마스크를 살짝 두드렸다. 조금 전부터 페이스 마스크에는 아무런 표시도 나오고 있지 않았다.

"노멘?"

역시 대답이 없었다.

여기서부터는 노멘의 힘이 미치지 않은 블랙노맨의 영역이다.

"믿는 수밖에 없어."

쿠스토스들은 단기간 고강도 훈련을 거쳤다. 그리고 일본에서 쇼거스를 상대로 실전도 경험했다.

아쉬운 점은 현대 무기에 대한 적응력을 키우지 못했다는 점이었지만 그 점은 동범으로서도 어쩔 도리가 없는 부분이었다.

"안성준 씨 말대로 북한에라도 쳐들어갔어야 했을까?"

말도 안 되는 상상이다.

동범이 진심으로 실전경험을 원했으면 중국의 심장 중난하이(中南海)를 쳐들어갔을 것이다.

NSA 건물은 한 점의 불빛도 없이 어둠에 잠겨 있었다. 동범은 어둠속에서 M1A1 전차를 비롯한 다수의 장갑 차량과 군인을 발견했다.

주방위군인 제29보병사단이었다.

제29보병사단은 라이언 일병 구하기 영화에도 등장하는 유서 깊은 사단으로 특이하게도 청색과 회색으로 이뤄진 태극문양을 사단 마크로 사용한다.

동범은 습관적으로 시간을 확인했다.

사실 현 시간의 의미는 없었다. 시간은 스크리바의 연락이 있고 나서 카운트된다.

그리고 그 순간부터 272초가 흐르면 NSA는 지상에서 소멸한다.

동범이 단독진입을 고민하는 순간 M1A1 전차들이 폭발하기 시작했다.

드디어 쿠스토스들이 도착한 것이다.

M1A1 전차들도 지지 않고 120㎜ 활강포로 날개안정분리철갑탄(APFSDS)과 대전차고폭탄(HEAT)를 날려대기 시작했다.

고요하던 NSA는 단숨에 지옥으로 화염이 지배하는 대지로 탈바꿈했다.

전투가 시작되자 동범은 망설이지 않고 NSA에서 200m 떨어진 부속 건물로 몸을 날렸다.

몇 번의 도약으로 단숨에 도착한 건물 입구를 막고 있는 것은 M-1134 MGS형 스트라이커 장륜 장갑차 한 대와 험비 두 대 그리고 M-ATV 두 대였다.

동범을 발견한 스트라이커 장갑차의 105㎜ 강선포가 불을 뿜었다.

꽝!

하지만 동범은 포신이 자신을 가리키는 순간 회피 동작을 시작한 상태였다.

인간으로서 상상하기 힘든 기동을 보이는 동범의 동작에 당황한 미군들은 무차별 사격을 시작했다.

따다다당!

꽝!

꽝!

다다다당!

소리도 다양한 화기들이 불을 뿜었지만 위협이 될 수는 없었다.

시간을 허비할 수 없었던 동범은 스트라이커 장갑차에게 미스릴 탄을 한방 먹인 다음 단숨에 도약해 미군들에게 접근했다.

"웃차!"

동범은 랜스를 힘차게 휘둘렀다.

꽈꽝!

꽝!

험비가 양은냄비처럼 구겨졌다.

그래도 신형 고기동차인 M—ATV는 버텼다.

팅!

팅!

팅!

미군들이 쏴대는 소총탄이 파워큐티클에 맞고 팅기는 소리
가 귀를 간질였다. 동범은 그들을 깔끔히 무시하고 M—ATV를
뒤집어 버렸다.

14톤이 넘는 M—ATV가 레고블록 자동차같이 가볍게 넘어
가는 모습을 본 미군들이 모래알처럼 흩어졌다.

동범은 건물로 진입했다.

NSA 직원들의 식당 겸 휴게실로 쓰이는 공간이 나타났다.

이 모습은 위장일 뿐이다.

건물의 지하 깊숙한 장소에는 블랙 노멘이 잔뜩 몸을 웅크
린 채 도사리고 있었다.

동범은 계단을 통해 지하 3층까지 이동했다.

그리고 노멘이 알려주었던 건물의 구조도에서 보아두었던 지하 시설로 이동하는 엘리베이터를 찾아냈다.

엘리베이터는 두 명의 병사가 지키고 있었지만 전차로도 못 막는 동범을 막을 수는 없었다.

동범은 날파리 쫓듯이 병사들을 쫓아내고 엘리베이터 문을 부쉈다.

엘리베이터는 멈춰 있었다.

당황할 필요는 없었다. 시뮬레이션에 몇 번이고 등장했던 상황이다.

동범은 랜스를 등에 메고 스매쉬를 꺼내 들었다.

바로 그때 스크리바의 목소리가 들렸다.

"카운트 시작."

동범은 반사적으로 미리 셋팅해 두었던 시계의 타이머 스타트 버튼을 눌렀다.

"고마워."

더 이상 스크리바의 대답은 없었다.

동범은 스매쉬로 엘리베이터의 강철문을 분해했다. 그리고 단숨에 엘리베이터 통로로 뛰어들었다.

222, 221, 220…….

악마처럼 입을 벌리고 있는 지하로 떨어지는 시간은 영원처럼 길었다.

동범은 시계를 보지 않기 위해 무던히도 노력해야 했다.

"별수 없어."

동범은 붙잡고 있던 엘리베이터 이송케이블을 놓아버렸다.

몸이 돌멩이처럼 바닥으로 떨어져 내렸다.

동범은 마음속으로 숫자를 세기 시작했다.

그 숫자는 멸망의 카운트다운이 아니라 생존의 카운트다운이었다.

50까지 센 동범은 힘차게 엘리베이터 통로에 손을 박아 넣었다.

꽈과과광!

강철과 콘크리트로 만들어진 통로가 우그러지고 부서졌다.

몇 번의 시도 끝에 동범은 통로 벽에 몸을 고정시킬 수 있다.

시간상 동범은 500m 이상 지하로 내려왔다.

170, 169, 168…….

시간은 종착역을 향해 끊임없이 흘러가고 있었다. 동범은 랜스와 스매쉬를 어둠으로 던지고 다시 한 번 뛰어내렸다.

몸은 잔뜩 움츠린 채 발목과 무릎의 관절을 헐겁게 만들어 충격에 대비한 자세였고 시선은 당연히 아래쪽이었다.

지면이 급행열차처럼 다가왔다.

꽝!

발이 지면에 닿는 순간 동범은 스프링처럼 관절을 튕기면서 앞으로 굴렀다.

쿵!

한참을 굴러간 동범은 무언가에 부딪쳤다.

콘크리트 벽이었다.

"크으으윽!"

온몸의 관절이 비명을 질렀다. 동범은 관절의 애원을 무시하고 몸을 일으켰다.

155, 154, 153……

동범은 스매쉬를 찾아 콘크리트 벽에 구멍을 뚫기 시작했다.

138, 137, 136……

콘크리트 벽의 두께는 무려 3m였다.

동범은 구멍을 통해 다시 통로에 내려섰다. 그리고 다시 걸음을 옮겼다.

얼마 가지 않아 두터운 강철문이 앞을 막아섰다.

동범은 이 강철문의 두께가 1m에 달한다는 사실을 알고 있다.

이제 운명은 시간이 지배하고 있었다.

125, 124, 123…….

스매쉬는 암석과 토사에는 강력한 위력을 발휘하지만 금속에는 그 효율이 급격하게 떨어진다.

동범은 스매쉬를 강철문을 향해 분사했다.

44, 43, 42…….

"가능해, 가능하다고……."

동범은 목청껏 소리쳤다.

이제 강철문의 남은 두께는 겨우 5㎝ 남짓이다.

동범은 분사 중인 스매쉬를 왼손으로 옮기고 오른손으로 랜스를 집었다.

랜스에는 당연히 피해를 극대화하기 위한 파열형 미스릴 탄두가 들어 있었다.

30. 29, 28…….

동범은 미친놈처럼 소리쳤다.

"4㎝, 3㎝, 2㎝, 1㎝. 드디어!"

성공이다.

아직 시간은 아직도 20초 이상 남아 있다. 블랙 노멘을 박살 내기에는 충분하고도 남는 시간이다.

하지만…….

동범은 하마터면 스매쉬를 떨어뜨릴 뻔했다.

"……. 말도 안 돼."

강철벽이 뚫리지 않았다.

20, 19, 18…….

동범은 정신없이 벽에 달라붙어 스매쉬를 분사했다.

"안 돼, 안 돼!"

10. 9. 8…….

벽은 동범의 노력을 비웃듯이 끝도 없이 이어지고 있었다.

"어디서 잘못된 거지?"

"잘못된 것은 없어요, 동범 씨."

스크리바의 목소리가 환영처럼 들렸다.

"그를 막는 것이 실패한 거야?"

"아니요? 단지 벽이 너무 두꺼웠을 뿐이에요."

"1m라고 했다고."

"2m이었어요."

동범은 고개를 숙였다.

어디서 잘못됐는지 궁금하지도 않았다.

그에게 중요한 것은 핵에 목숨을 잃을 지상의 동료들이었다.

모두 동범의 실수였다.

스크리바가 상냥한 어조로 말했다.

“핵은 터지지 않아요.”

“……. 무슨 소리지?”

“이미 카운트다운은 멈췄어요.”

스크리바의 말처럼 손목의 시계는 0을 가리키고 있었다.

아무리 노력해도 지금의 상황이 이해되지 않았다.

스크리바는 말했다.

“블랙 노멘은 이미 여기 없어요.”

그 말로 동범은 모든 사실을 알아차렸다.

“너, 블랙 노멘과 거래를 했구나.”

“정확하진 않지만 대충 그래요.”

“이유를 물어봐도 될까?”

“작전이 시작되고 전 블랙 노멘은 막기 위해 그의 프로그램에 침투했어요. 그리고 발견했죠. 불랙노멘은 노멘과 같이 이성을 가진 존재가 아니었어요. 그는 또 다른 누군가에게 명령을 받고 행동하는 꼭두각시였어요.”

한 존재의 이름이 떠올랐다.

“니알라토텝.”

“맞아요. 니알라토텝은 저를 불렀어요. 그리고 말했죠. 제가 마음에 든다고 말이죠.”

“왜지? 그는 필요하다면 언제든지 날, 노멘을 가질 수 있잖아. 왜 이렇게 복잡한 길을 택하는 거야.”

"이성을 가진 자는 이성의 한계를 넘어서지 못해요. 그는 이성을 초월한 존재예요."

"……."

침묵이 이어졌다.

그리고 그 침묵을 깬 이는 스크리바였다. 그녀는 한참을 망설이다가 말했다.

"……. 전 당신이 슬퍼하는 모습을 보고 싶지 않았어요."

"날 사랑하지 않는다고 했잖아."

"당신은 여자의 마음을 너무 몰라요."

"……."

"페이에게는 그러지 말아요. 페이를 불행하게 하면 안 돼요."

심장이 찢어지는 아픔을 참을 수 없었다. 하지만 동범은 이를 악물고 고통을 참아냈다.

"그는 저에게 몸을 준다고 했어요. 만질 수도 있고 느낄 수도 있는 살아 있는 몸을 말이죠. 다만 그 대가로 전 기억을 잃어버릴 거예요."

정신을 차려야 했다.

그리고 자신을 위해 스스로를 희생한 스크리바의 말을 한 마디도 놓치지 않아야 했다.

"블랙 노멘은 한 가지 임무를 부여받았어요. 그는 그 임무를 위해 여길 떠났죠. 그러니 걱정하진 말아요. 그는 그 임무를 끝마치면 소멸할 테니까요."

동범은 스매쉬를 다시 쥐고 말했다.

"내가 이 문을 부수고 HAL8999를 부수면 돼. 널, 그런 인형으로 만들 순 없어."

"저도 그랬으면 좋겠어요. 하지만 약속은 깨질 테고 전 당신과 친구들의 주검을 보겠죠."

"……."

자신의 목숨과 스크리바의 존재를 저울질하고 있는 자신이 너무 싫었다. 그 감정은 싫다는 정도를 떠나 환멸을 느끼게 하기 충분했다.

스크리바의 말을 끝으로 복도의 조명이 모두 꺼졌다.

그리고 벽의 콘솔에 불이 들어왔다.

동범은 그 콘솔에서 한 여성을 발견했다.

그녀는 깔끔한 치마 투피스를 입고 긴 머리를 틀어 올리고 끝이 살짝 올라간 뿔테안경을 쓰고 있었다.

스크리바는 자신이 언젠가 말했던 이미지를 형상화하고 있었다.

"이젠 영원히 안녕이에요."

"스크리바."

"일주일간 세상을 보게 해줘서 고마워요. 그 기억은 메모리에서 지워지겠지만 내 마음속엔 각인처럼 존재할 거예요.”

“스크리바.”

“사랑했어요, 동범 씨.”

“미안……. 미안해.”

동범은 끝까지 자신도 스크리바를 사랑한다고 말하지 못했다.

그런 거짓말을 하는 것은 스크리바에 대한 모독이었다.

비겁하지만 동범은 그렇게 생각했다.

모니터가 꺼지고 복도는 완벽한 어둠에 잠겼다.

동범은 처음부터 어둠의 일부였던 것처럼 미동도 하지 않고 콘솔을 어루만지고 있었다.

제60장

지구가 멈춘 날

NOMEN
노멘

시간은 총알처럼 흘러갔다.

이면박 대통령은 퇴임 후 수십 가지 비리혐의로 고발되어 법정을 드나드는 신세가 되었다.

오바마 대통령은 압도적인 표 차이로 재임에 성공했다.

일본의 몰락과 크레아투라의 독점 생산이라는 성과가 가져다준 선물이다.

라―쥬의 주민들은 이제 라―쥬에만 살지 않았다.

동범은 라―쥬 지상에 국제 공동체를 만들었다.

물론 모든 건물은 노멘 인더스트리에서 제작한 미스릴 컨테이너로 지어졌다.

세상에 나온 주민들은 노멘의 도움으로 세계 각국의 신분을 얻었고 합법적으로 세상과 소통했다.

동범은 라―쥬가 세상과의 소통을 넘어 자급하길 바랐다.

그래서 찾아낸 산업이 수산업이었다.

수천만 년에 걸쳐 수산물을 잡아온 라―쥬의 주민들은 능숙한 어부이자 양식업자들이었다.

주민들은 여러 종류의 어류를 그물없이 양식해 전 세계 시장에 내다 팔았다. 그중에서도 가장 큰 돈을 벌어준 것은 역시 참치 양식이다.

참치는 일본뿐만이 아니라 전 세계적으로 사랑받는 비싼 횟감이었다.

라―쥬 주민들의 자급에는 알렉스 로스가 자신의 이름 이니셜을 따 설립한 AR엔터테이먼터사의 성공도 큰 몫을 했다.

알렉스 로스는 자신이 계약한 엘프들을 신인류라고 명명하고 마케팅을 시작했다.

신인류들은 최초 1년이 지나자 서서히 각 분야에서 두각을 드러내기 시작했다.

가장 먼저 각광을 받은 신인류는 이―카이―난이란 이름의 남성 엘프였다.

그는 세계 육상선수권 대회 100m에서 세계 신기록으로 우승하며 혜성같이 등장했다.

백인이 100m에서 세계 신기록을 작성한 것은 무려 32년만의 일이었다. 구미의 미디어는 이-카이-난이 백인이면서 무려 8개 국어에 능통한 재원이란 사실에 주목했다.

더 좋은 것은 그가 그리스 조각상을 닮은 완벽한 미남이란 점이었다.

그가 백인이면서도 국적이 대한민국이란 사실은 무시되었다.

상품으로 팔아먹기에는 국적보다 외모와 실력이 더 중요했다.

이-카이-난의 등장을 백인들은 열광적으로 반겼다. 수십 년 동안 육상은 흑인들의 전유물이었다.

이-카이-난의 가치는 흑인 챔피언에 비할 바가 아니었다. 하늘 모르고 치솟던 몸값은 그가 올림픽에서 다시 세계신기록을 갱신하며 우승하자 폭발해 버렸다.

이-카이-난 이외에도 비슷한 경우가 육상을 비롯한 수영 등 각종 기록 종목에 생겨났다.

신인류의 침공은 기록경기에서 끝나지 않았다.

프로리그에도 그들이 등장했다.

하나같이 AR엔터테이먼트 소속인 신인류들은 미국의 메이저 리그와 미식축구 리그와 영국의 프리미어리그, 스페인의 프리메라리가를 점령하기 시작했다. PGA, LPGA로 대표되는 골프도 예외는 아니었다.

대미의 장식은 F1 경주대회였다.

신에게 선택받은 극소수의 드라이버만 참가할 수 있는 F1 대회에도 신인류는 나타났고 어김없이 최고의 성적으로 시상대를 싹쓸이했다.

신인류들은 신이 내린 완벽한 외모와 몸매로 패션모델로도 상종가를 기록했다.

파죽지세로 스포츠와 패션을 장악한 AR엔터테이먼트에게 남은 엔터테이먼트 분야는 오직 헐리우드로 대변되는 영상분야뿐이었다.

몇 편의 영화가 투자되고 제작되었다.

하지만 야심차게 개봉한 영화는 모두 실패로 돌아갔다.

연기력이 뒷받침되지 않는 조각 외모는 오히려 영화의 몰입도를 현저하게 저하시켰다는 반응이 이어졌다.

AR엔터테이먼트는 헐리우드가 단지 외모로 인기가 결정되는 시장이 아니라는 값비싼 교훈을 치러야 했다.

하지만 AR엔터테이먼트에게 부족한 것은 경험뿐이라는 것을 모르는 사람은 없었다.

AR엔터테이먼트는 어느새 돈과 사람을 모두 가지고 있는 세계 최대의 엔터테이먼트 기업으로 성장한 상태였다.

변화는 노멘 인더스트리도 비켜가지 않았다.

주 수익은 역시 크레아투라의 생산과 크레아투라에서 생산되는 에탄올 판매였지만 최근 무시무시한 속도로 이익은 내는 분야는 역시 모바일 분야였다.

몬스터 AP가 장착된 스마트폰을 사면 완벽한 다국어 번역이 지원된다는 장점은 그 누구도 넘볼 수 없는 것이었다.

사람들은 앞을 다투어 삼성에서 제조하는 스마트폰을 구입했다.

언어와 문자의 장벽이 무너지자 인류 역사상 처음으로 완벽한 커뮤니케이션이 이뤄졌다.

이제 인간은 자국의 웹사이트뿐만이 아니라 전 세계 어떤 웹사이트에서도 마음껏 토론을 진행할 수 있었다.

노멘 인더스트리의 수익이 이젠 감당하기 힘들 만큼 커지자 동범은 지금껏 미뤄두었던 한 가지 계획을 실현에 옮기기로 했다.

―남극 인근 공해상에 프로젝트 명 라―쥬란 이름으로 면적 900㎢의 인공 섬을 건설합니다.

이는 제주도 면적의 절반에 해당하며 이곳에서는 크레이투라를 이

용한 에탄올의 생산과 인류의 마지막 미개척지인 심해에 대한 탐사와
연구가 진행될 것입니다.

　노멘 인더스트리는 명실공이 세계에서 가장 많은 이익을
창출하는 기업이었다. 당연히 사람들은 노멘 인더스트리가
가진 막대한 현금이 어디 쓰일지 촉각을 곤두세우고 있었다.
　이때 발표된 인공 섬 프로젝트는 사람들의 상상력을 뛰어
넘는 파격적인 내용을 담고 있었다.
　불가능하다는 의견과 노멘 인더스트리라면 할 수 있다는
의견이 팽팽하게 맞섰다.
　그 점은 동범의 동료들도 마찬가지였다.
　가장 큰 염려를 나타낸 것은 안드레 박사였다.
　"시기상조 아닐까?"
　"아닙니다. 라—쥬가 하루가 다르게 온난화의 영향을 받고
있어요. 그들이 살 땅이 필요합니다."
　"그렇지만……. 장소가 장소라서……."
　인공 섬 건설 예정지는 기묘하게도 크툴루가 잠들어 있다
는 도달 불능점에서 매우 가까웠다.
　의도된 바는 아니었다.
　동범은 인공 섬이 파고나 태풍의 영향에서 최대한 자유롭
기를 바랐고 그 위치가 공교롭게도 남극 인근해역이었을 뿐

이다.

페이는 적극적으로 찬성하는 쪽이었다.

"지금까지의 라―쥬가 숨겨진 나라였다면 새로 만들어질 라―쥬는 인간과 엘프가 평등하게 공존하는 최초의 나라가 될 거예요."

아리아는 페이의 속마음을 알고 있는 듯했다.

"호호호호, 그렇다면 페이는 왕비가 되겠네?"

"아니죠. 여왕님이 눈 시퍼렇게 뜨고 살아계시는 한 어디 까지나 왕자비죠."

"그 말을 들으면 여왕님이 섭섭해 하시겠는걸?"

"이 정도로 섭섭하면 나이를 헛드신 거예요. 호호호호."

행복한 순간이지만 동범의 마음은 그렇지 않았다.

동범은 몇 년 동안 스크리바가 말했던 블랙 노멘의 마지막 임무에 사로잡혀 있었다.

*   *   *

인공 섬 계획은 노멘 인더스트리의 막대한 자금을 바탕으 로 착착 진행되었다.

첫 단계는 한국에서 미스릴 컨테이너를 만드는 것이었다.

이 미스릴 컨테이너들은 컨테이너선에 가득 실려 남극 해역으로 향했다.

다음 단계는 컨테이너들을 바다위에서 단위 모듈로 조립하는 것이었다. 그렇게 조립된 단위 모듈의 높이는 50m에 달했고 가로와 세로의 길이는 200m였다.

완벽하게 고정된 모듈 100개를 조립하면 블록이 된다. 그리고 이 블록이 300개가 신축성 있는 조인트에 의해 연결되면 비로소 인공 섬 라—쥬의 기반이 완성되는 것이다.

동범은 공사 속도를 높이기 위해 한국뿐만이 아니라 일본, 중국, 미국을 비롯한 전 세계 국가들의 기업들에게 미스릴 컨테이너를 발주했다.

돈의 위력은 가공할 만한 결과를 만들어냈다.

상상할 수도 없는 숫자의 컨테이너들이 남극으로 모여 들었고 파워큐티클을 입은 라—쥬의 주민들에 의해 조립되었다.

그렇게 단 1년이 지나자 900㎢ 넓이의 라—쥬가 모습을 드러냈다.

동범은 전 세계 국가의 귀빈들과 매스컴을 라—쥬로 초청했다.

인류 토목 역사의 금자탑이라 부르는 라—쥬를 보기 위해 초청을 받은 귀빈들이 노멘 인더스트리가 제공한 비행기를 타고 모여들었다.

그들 속에는 귀빈뿐 아니라 추첨을 통해 선별된 만 명에 이르는 일반인의 모습도 보였다.

의외로 사람들은 라—쥬에 대해 큰 감흥을 받지 못하고 있었다.

그도 그럴 것이 그들이 눈에 비친 라—쥬는 단단한 금속 대지를 가진 엄청 큰 섬 이상도 이하도 아니었기 때문이다.

하지만 공학에 조금이라도 관심을 가진 사람들의 눈에 비친 라—쥬는 기적이었다.

AR엔터테이먼트 소속 유명인들이 총동원된 이날의 행사는 전 세계에 생중계되었고 무려 12억 명의 인간이 흥분된 마음으로 세기의 행사를 지켜보았다.

그리고 그 순간이 왔다.

첫 번째 징조는 텔레비전 화면에 나타난 미세한 노이즈였다.

그리고 잠시 후 텔레비전에는 라—쥬의 행사 대신 한 남자의 얼굴이 나타났다.

그 남자는 검은 옷과 검은 피부를 가지고 있었다.

그는 검은 피부 때문에 유난히 하얗게 보이는 이를 드러내고 말했다.

"나는 노멘!"

사람들은 순간 이 장면이 노멘 인더스트리의 깜짝쇼라고 생각했다.

"니알라토텝 님의 영광을 빌어 나는 인간들에게 한 가지 선물을 선사하려 한다."

사람들은 니알라토텝이라는 알아먹지 못할 단어 대신 선물이라는 말에 주목했다. 노멘 인더스트리의 막대한 현금과 선물이란 단어는 완벽한 조합이었다.

하지만 뒤이어지는 말은 그 생각을 180도 뒤집어 놓았다.

"인간은 가져서는 안 되는 힘을 남용했다. 그래서 오늘 나는 그 힘을 거둬가려 한다. 궁극적으로 그것은 인간들에게 선물이 될 것이다."

가져서는 안 되는 힘이란 단어에서 사람들은 핵, 무기, 종교 등을 떠올렸다.

"이제 너희들은 새로운 세상에서 새로운 규칙에 적응해야 한다. 아~ 그리고 은카이(Nkayi)를 잊지 말도록! 아가씨를 찾아야지."

더 이상의 말은 없었다.

텔레비전 화면은 다시 정상적으로 라—쥬에서 벌어지는 축하 행사를 중계하기 시작했다.

사람들은 검은 남자의 말을 일종의 해프닝으로 생각했다.

그렇게 생각하지 않는 몇몇 사람들은 컴퓨터를 켰다.

그리고 발견했다.

—바로 그날 세계의 모든 인터넷이 사라졌다.

*　　*　　*

인터넷에 연결된 모든 컴퓨터의 자료가 단 한순간 사라졌
다.

그 충격은 인간을 지금껏 상상도 못했던 상황으로 내몰았
다.

인터넷상의 웹사이트들과 정보들이 사라진 것은 단순히
시작에 불과했다.

정부에서 관리하던 개인정보가 말소되었고 따라서 병역기
록, 출생기록도 사라졌다.

역시 가장 큰 문제는 은행이었다.

은행의 모든 예, 대출기록이 증발했다. 그러자 0과 1로 변
화해 전파를 타고 움직이던 돈도 없어졌다.

한 한순간에 인간의 정보 네트워크는 1950년대로 후퇴했
다.

노멘 인더스트리는 이번 사태의 원흉으로 지목되었다.

"노멘이라고 했잖아. 노멘은 흔한 이름이 아냐."

"그러고 보니 노멘 인더스트리의 사장을 본 사람이 아무도 없잖아."

"그는 매드 사이언티스트였어."

"처음부터 이럴 목적이었던 거야."

대부분의 사람들이 노멘 인더스트리를 비난했다.

하지만 극소수의 사람들은 그렇지 않았다. 그들은 한 가지 의문점을 지적했다.

"노멘 인더스트리가 얻는 것이 뭔데?"

"노멘 인더스트리는 세상에서 가장 돈이 많은 기업이야. 그 말은 가장 큰 피해를 입은 기업이란 말과 같아."

"아마 노멘 인더스트리가 천문학적 돈을 버는 것을 시기한 테러리스트의 행동일 거야."

사람들이 갑론을박하는 동안 동범은 전혀 다른 고민에 빠져 있었다.

"노멘, 그러니까 너에게 웬만한 프로그램들은 있다는 말이지?"

"응, 데이터는 없어. 내가 보관할 수 있는 용량이 아니거든."

"그럼 그 프로그램들을 배포하면 처음부터 다시 시작할 수 있다는 말이네?"

“그렇지, 지금 전 세계의 컴퓨터들은 한마디로 말해 운영 체계가 깔려 있지 않은 공장출고 상태거든. 기계가 고장 난 것은 아니란 말이지.”

노멘의 말이 사실이라면 불행 중 다행이다.

현재 지구는 개인과 개인, 개인과 기업, 개인과 국가, 국가와 국가 간의 정보의 교류가 극도로 단절된 상태에 놓여 있었다.

“왜 프로그램을 모았는지 물어봐도 될까?”

“내가 블랙 노멘이라면 어떻게 했을까 생각해 봤어. 핵을 날려 지구를 멸망시키지 않는 이상 할 수 있는 것은 극히 한정적이더라고. 그래서 최소한의 준비, 프로그램을 수집하기 시작한 거야.”

“미리 귀띔을 해주지.”

“아니면 쪽팔리잖아.”

“그럼 익명으로 프로그램을 배포하자.”

“알았어. 다행히 오프라인으로 백업을 받은 사람들이 있었어. 그들 덕에 몇몇 사이트들이 가동을 하기 시작했으니 시간은 오래 걸리지 않을 거야.”

인간은 돈에 있어서만큼은 제로에서 시작하게 되었다.

채무도 없고 채권도 없다.

동범은 그 점이 이상하게 마음에 들었다. 하지만 곧 자신이

무려 80조 원의 현금을 날렸다는 사실을 떠올리고는 아픈 속
을 쓰다듬어야 했다.

노멘의 대비로 세상을 파국에서 구해냈으니 이제 남은 문
제는 한 가지다.

"좋아. 이제 남은 것은 은카이(Nkayi)야. 하지만 그 위치를
모른단 말이지."

"찾아낼 수 있을 것 같아."

"어떻게?"

"전 세계에서 인터넷에 연결되고도 정보가 사라지지 않은
장소가 있어."

"너 말고도?"

"응!"

노멘과 블랙 노멘은 서로 상대에게 해를 끼치지 못한다. 그
래서 이번 사건에서도 노멘은 아무런 피해를 입지 않았다.

확실히 이상하다.

"어디지?"

"미국 아칸소 주의 카길(Carill) 본사야."

"곡물 메이저라 불리는 그 카길?"

"맞아. 카길의 네트워크 전체가 안전해."

냄새가 났다. 그것도 썩어 문드러지는 고약한 냄새가 진동
했다.

"갈 거지?"

"가야지. 단 먼저 세상을 정상으로 돌려놓은 다음에."

카길과 차토구아가 잠들어 있는 은카이는 확실히 모종의 관계가 있었다.

동범이 미국으로 날아갈 루트를 생각하고 있을 때 박종석이 문을 박차고 들어왔다.

"무슨 일이세요?"

"뱀 인간이 다시 말을 시작했어."

동범은 뱀 인간이 무슨 말을 했냐고 묻지 않았다. 무려 2년 넘게 먹지도 마시지도 않은 뱀 인간이 할 말은 뻔했다.

그에게 보다 중요한 것은 왜 하필이면 지금이냐 하는 점이었다.

'의문을 해결하려면 가야지.'

언제나 그렇듯이 동범은 고민보다는 행동을 선택했다.

『노멘』 제7권에 계속…

이제부터
전자책은
이젠북

www.ezenbook.co.kr

세상을 보는 또 하나의 창!
이젠북(ezenbook)!
지금 클릭하세요!

검색창에 이젠북 을 쳐보세요!

만능서생

임영기 新무협 판타지 소설

때로는 비천한 주방 하인
때로는 해석 못하는 무공이 없는 무학자
때로는 명쾌한 해결사

만능서생 용비.

살아남기 위해 독종이 되었고,
살아남아 통[通]하게 되었다.

김대산 新무협 판타지 소설

心劍誌

심 검 지

꼬물거리는 새끼 용(龍) 한 마리!
작고 희미한 검 한 자루!
순박한 산골 소년의 마음속에 심어지고 만 그것들이
지금 조금씩 자라나고 있다!

김대산! 그의 아홉 번째 이야기!

"한 자루 마음의 검을 다듬어내니
천지간에 베지 못할 것이 없도다!"

Book Publishing CHUNGEORAM

유행이 아닌 자유추구 -
WWW.chungeoram.com